KB155439

길을 아는 것과
길을 가는 것

길을 아는 것과 길을 가는 것

펴 낸 날 2015년 3월 30일

지 은 이 정운복
펴 낸 이 최지숙
편집주간 이기성
편집팀장 이윤숙
기획편집 박경진, 윤은지, 김송진, 주민경
표지디자인 박경진
책임마케팅 임경수
펴 낸 곳 도서출판 생각나눔
출판등록 제 2008-000008호
주 소 서울 마포구 동교로 18길 41, 한경빌딩 2층
전 화 02-325-5100
팩 스 02-325-5101
홈페이지 www.생각나눔.kr
이 메 일 webmaster@think-book.com

• 책값은 표지 뒷면에 표기되어 있습니다.
  ISBN 978-89-6489-358-6 03810

• 이 도서의 국립중앙도서관 출판 시 도서목록(CIP)은 서지정보유통지원시스템 홈페이지
  (http://seoji.nl.go.kr)와 국가자료공동목록시스템(http://www.nl.go.kr/kolisnet)에서
  이용하실 수 있습니다(CIP제어번호: CIP2015008610).

길을 아는 것과
길을 가는 것

정운복 지음

생각나눔

목차

제1장 수타사 풍경소리

제2장 뛰지 못하는 벼룩

제3장 가로문화와 세로문화

제4장 좋은 나무

제1장
수타사 풍경소리

::::::::::::::::::::::::::

효석문화마을

낮게 날으는 고추잠자리의 비행에서
햇살을 머금고 익어가는 나락의 수줍음에서
허리가 휘도록 영글어가는 수숫대의 모습에서
이미 우리 곁에 와있는 가을을 느낍니다.

엊그제 효석 문화제에 다녀왔습니다.
김유정과 더불어 강원도를 대표할 수 있는
이효석 문인에 대한 갖가지 사료들을 현실감 있게 접하고,
『메밀꽃 필 무렵』의 소금 발을 뿌려놓은 듯한
메밀꽃의 자태를 실컷 감상하였습니다.

> 달의 숨소리가 손에 잡힐 듯이 들리는 고요한 밤
> 방앗간 앞을 흐르는 개울물 소리
> 철썩거리는 물레방아의 물 떨어지는 소리
> 사위를 푸르게 물들이는 달의 정기….
> 〈이상 원문〉

허생원과 동이 어미가 물레방앗간에서
하룻밤을 같이할 때의 소설 원문입니다.
효석 문화마을에 유난히 물레방앗간이 많은 이유이지요.

> 대화까지는 팔십 리의 밤길,
> 고개를 둘이나 넘고 개울을 하나 건너고 벌판과 산길을 걸어야 된다.
> 길은 지금 긴 산허리에 걸려있다.
> 밤중을 지난 무렵인지 죽은 듯이 고요한 속에서
> 짐승 같은 달의 숨소리가 손에 잡힐 듯이 들리며,

콩 포기와 옥수수 잎새가 한층 달에 푸르게 젖었다.
산허리는 온통 메밀밭이어서 피기 시작한 꽃이
소금을 뿌린 듯이 흐뭇한 달빛에 숨이 막힐 지경이다.
붉은 대궁이 향기같이 애잔하고 나귀들의 걸음도 시원하다.
〈이상 원문〉

허생원이 건넜던 흥전천은
예나 지금이나 변함없이 흐르고 있고
그 냇물 건너 대화장터로 가는 길엔
축제를 위한 섶다리가 개설되어 있었습니다.

미국의 북부군이 남북전쟁을 승리로 이끈 것은
링컨의 지도력과 강한 군대의 이유이기도 하지만
'스토우' 여사의 『엉클톰스캐빈』이라는
한 권의 책이 바꾸어놓은 사람들의 의식 변화가
참으로 중요한 역할을 했다는 것을 압니다.

정신문화를 만들고 가꾸어가는 것이
물질문명의 찬란함을 이루는 것보다
훨씬 더 중요하다는 것을
문화마을을 둘러보며 공감할 수 있었습니다.

경포대

오랜만에 경포대에 들렀습니다.
잔잔한 호수에 뒤집힌 세상의 모습이 유리처럼 투명하고,
썰물처럼 빠져나간 철 지난 해수욕장엔
집채만 한 파도가 장관을 연출하고 있었습니다.

모래에 발을 담그고 파도에 씻기며
바닷가를 거닐면서
장자의 소요유를 생각했습니다.

소요유(逍遙遊)는 글자 그대로 아무 거리낌 없이
자유롭게 거닌다는 의미입니다.
일반적인 보행과는 달리 목적지가 없지요.
소요 그 자체가 목적인 것이지요.
결국, 자유의 절대 경지에 이름을 의미하는 것이
소요유의 진정한 의미랍니다.

9월 중순입니다.
이제 얼마 있지 아니하여
온 산야가 땅의 정기를 한껏 머금은 자태를
온갖 색의 향연으로 발산하는 아름다움을 만끽할 수 있는
멋스런 세월이 도래하겠지요.

조석으로 날이 찹니다.
늘 건강하기를 소망합니다.

뷰파인더를 통한 세상

올해 사진기를 하나 장만하고 싶었습니다.
철원에 5년을 기약하고 들어왔는데,
현재 2년이 다 지나가는 시점에서
흐르는 세월을 무의미하게 보내는 것 같아 안타깝습니다.
좋은 카메라를 구입하여
『철원의 사계』라는 제목의 화보집을 생각했었는데,
선천적인 게으름 때문에 관념으로만 그치고 있습니다.

사진기를 통해 바라본 세상은
육안을 통해 보는 세상과는 많이 다릅니다.
찍는 사람이 구도를 어떻게 잡느냐
어떤 필름을 쓰고 조리개와 셔터 속도를 어떻게 맞추느냐에 따라서
전혀 다른 세상이 나타납니다.

우리의 삶도 이와 같아서
어떤 관념과 생각을 갖고 세상을 살아가느냐 하는 것이 참으로
중요합니다.
필름을 선택하고, 조리개와 셔터스피드를 조절하는 것은 전적으
로 개인의 몫이니까요.

덜어냄으로써 멋스런 계절
생명의 연속선상에서 이별이 있는 계절
남성의 계절, 이 가을을 멋스럽게 영위하시기를….

철원 마라톤을 앞두고

푸르름의 끝자락에 빛바랜 모습으로
물기 가신 잎 언저리에서 깊어가는 가을을 봅니다.

철원의 DMZ 마라톤 하프를 신청하고
지난봄부터 저녁을 벗 삼아
너른 들을 달리기 시작했지요.
벌써 계절이 두 번 바뀌었네요.

어둠이 내려앉아 사물의 윤곽만 남고
무채색이 되어버린 가로등 하나 없는 시골 길을
밤 공기를 마시며 달렸습니다.

가끔 먼 데서 개 짖는 소리가 들리고
이름 모를 풀벌레 소리가 온 공간을 메워
혼자라도 외롭지 않더군요.

매일 책상머리에 앉아
모니터 너머로 보이는 네모난 세상에 초점을 맞추고,
생각의 깊이를 재단 당하던 공간을 벗어나
탁 트인 공간에서 숨을 고르며 달리는 시간은
사유의 세계를 넓게 해주고,
주변을 좀 더 밝은 눈으로 바라볼 수 있는 여유를 주어서 좋았습니다.

적당한 것이 좋다 합니다.
그것을 한문으로 옮기면 中庸(중용)입니다.

중용(中庸)은 곧 中用이지요.
가운데 것이 쓰임이 된다는 의미랍니다.

'더도 덜도 말고'
'지나치거나 모자람 없는' 中이라는 공간은
어쩌면 가장 완벽한 이상인지 모릅니다.
'적당주의'와 '꼭 맞는 것'은 구별이 되어야 하니까요.

개인적인 생각을 덧붙이자면
마라톤 하는 사람들은 몇 번 뛰게 되면
거리를 늘이려 하고, 시간을 줄이려 합니다.
하지만 지나친 욕심은 부상을 동반하고 건강한 몸을 상하게 합니다.

적당한 중용의 의미를 다시 새겨보는 저녁입니다.

행복한 계절

따뜻한 남쪽 지방에 가면 집집마다 터줏대감처럼 감나무가 있듯이,
강원도에는 앞마당에 성장을 이룬 밤나무며 대추나무가
으레 한 그루씩 있습니다.

먹을거리가 충분하지 않았던 시절
나뭇가지를 휘어잡고,
햇살을 머금고 빨갛게 익어가는
어른 엄지손톱만 한 대추를
달콤함으로 맛볼 수 있음은
또한, 가을이 가져다주는 작은 행복이었습니다.

집집마다 마당 한편에 콩 낟가리와
타작하고 남은 후의 짚더미를 산처럼 쌓아놓고,
뒤란 멍석 위에 빨간 고추가 선홍빛으로 말라가고,
토방 위 서까래엔 실한 씨옥수수 다발….
단풍이 아니더라도 가을은 형형색색의 먹을거리로 곁에 다가와
있음을
그래서 참 행복한 계절임을 느낍니다.

상품성 없는 작은 고구마를 삶아
칼로 얇게 저며서 스레트 지붕 위에 말려
꼬들꼬들한 맛으로 한겨울 간식 삼던 기억도 새롭네요.

추석이 다가옵니다.
손님맞이를 위하여 잘 사용하지 않던 방을 치우고
아궁이에 군불을 지피며,

동네 어귀까지 일가친척을 마중하던 시절이 있었습니다.

이동의 편리성과 연락의 자유스러움이
사람 사이의 끈끈한 정마저도 희석시켜
관계성이 묽어져 가는 것은 아닌지….

오가는 길 안전운전하시고
밀리는 길이라고 하더라도
길가에 널브러진 가을이미지와
정감 어린 들녘을 바라보는 여유로움으로
'고향'에 스며있는 추억도 떠올리며
가족과 함께하는 명절이 되길 기원합니다.

오랜만에 만나는 일가친척들과
증후군 없는 단란하고 행복한 시간을 보내시기를….

이목지신

퇴색된 주변의 색채가 진한 가을 향을 풍깁니다.
벌써 10월이고 보면, 흐르는 세월의 무상함이 느껴집니다.
자태 곱던 코스모스도 가을 속으로의 여행에 지쳐
빛바랜 추억처럼 희미함이 남았습니다.

移木之信(이목지신)이라는 말씀이 있습니다.
옛날 중국, 혼란하던 춘추전국 시대에
법가로 유명한 상앙이란 사람이 있었습니다.

정부의 말이 조변석개했기 때문에 백성들이 정부를 신뢰하고 않
았고,
따라서 새로 만들어진 정책을 시행할 수 없었습니다.

그때 상앙은 3장(약 9m) 높이의 나무를 남문 저잣거리에 세우고,
"이 나무를 북문으로 옮기는 사람에게
십금(十金)을 주겠다."라고 말했습니다.
많은 사람이 그 옆을 지나갔고 방을 보고 웅성거렸지만
아무도 그 말을 믿으려 하지 않았습니다.

오후가 되자 상앙은 상금을 다섯 배로 올립니다.
하지만 결과는 변함이 없었지요.
날이 어둑어둑해질 무렵
어느 촌부가 밑져야 본전이라는 생각으로 나무를 옮기게 됩니다.
상앙은 즉시 오십 금을 사례했지요.
백성들이 그 소문을 듣고
정부의 정책을 믿고 따르게 되었다는 이야기입니다.

또, 曾參殺人(증삼살인)이라는 이야기도 있습니다.
중국 전국시대 노나라의 증삼(曾參)은
공자의 뛰어난 제자이자 효행으로도 이름이 높아
증자(曾子)라고 존중받는 인물입니다.

어느 날 증삼과 같은 이름을 가진 사람이 살인을 했습니다.
이웃사람 하나가 증자의 어머니를 찾아와
"증삼이 사람을 죽였습니다."라고 말했습니다.
이에 증자의 어머니는 "우리 아들이 사람을 죽일 리 없습니다."
그리고는 태연히 짜고 있던 베를 계속 짰습니다.

얼마 후, 또 한 사람이 뛰어들어오며 말하였습니다.
"증삼이 사람을 죽였습니다."
증자의 어머니는 이번에도 미동도 않고 베를 계속 짰습니다.
또 얼마의 시간이 지나 어떤 사람이 또 들어와 말하였습니다.
"증삼이 사람을 죽였어요!"
그러자 증자의 어머니는 두려움에 떨며
베틀의 북을 던지고 담을 넘어 도망갔습니다.

효심이 깊고 학문이 높은 증자를 믿는 어머니의 신뢰에도 불구
하고
세 사람이 그를 의심하며 말하니,
그 어머니조차도 아들을 믿을 수 없는 지경이 되었다는 이야기
지요.

우린 삶을 살면서 참 많은 사람을 만나고 살아갑니다.
그 속에서 믿음을 가지고 진정성으로 다가갈 수 있는 사람이
주변에 있다는 것은 참 큰 행복이지요.

좋은 사람, 사랑하는 사람, 소중한 사람을

상처 주지 않고, 아프게 하지 않고, 믿어주는 것도
세상을 멋스럽게 살아가는 큰 지혜가 아닐까 합니다.

"믿음은 흔들리지 않는 것이 아니라
흔들려도 그 옆에 있어주는 것입니다."

들꽃향 같은 사람

들꽃향 같은 사람이 있습니다.
존재 자체의 순수한 아름다움이 있는데도 밖으로 드러내지 아니
하고,
진하지 않아도 은은함으로 주변과 함께하며
배경과 같은 삶을 살아도 평화스러움이 넘치는
그런 사람이 있습니다.

우린 삶을 살면서 남에게 보여주고 과시하기 위하여
많은 노력을 하고 있는지 모릅니다.
뒤집어보면 남에게 보여주려고 하는 것은
본래의 모습과 반대되는 경우가 많습니다.

스스로 약하다고 느끼면 강함을 보여주려고 애쓰고,
가난하면 할수록 부유하게 보이려고 애쓰고,
내놓을 것이 없을수록 자랑하기를 좋아합니다.

진실로 지식이 있는 사람은 지식을 내보이지 않습니다.
진실로 강한 사람은 그 강함을 드러내 보이지 않습니다.
높은 경지에 올라갈수록 어린아이를 닮아가는 모습 속에서
꾸미지 않고 진솔함 속에 녹아있는 삶의 진수를 봅니다.

어쩌면 가지고 있음과 누리고 있음,
그 모든 것을 떠나 자기 자신을 잊고 천진을 간직한 어린아이처럼
본성에 충실히 살아가는 삶도 참 멋스럽지 않을까 하는
생각이 들었습니다.

학의 다리가 길다고 자르지 말고
오리의 다리가 짧다고 늘이지 말라.
이것은 2,000년 전에 살다간 위대한 사상가 장자의 말씀입니다.
짧다는 것과 길다는 것은 지극히 상대적인 것이며,
비교의 결과로 나타나는 관념 속에 존재하는 허상일 수 있습니다.

길면 긴 대로
짧으면 짧은 대로
그 본성을 해치지 않으며 절대 자유 속에서 소요하는 삶이
참으로 멋스럽다는 생각을 하는 주말입니다.

가을이 물들어갑니다.
거두는 계절
지나온 자취를 돌아보며 삶의 진정성을 헤아려보는
의미 있는 시간을 보내시기를….

산에 들던 날

조석으로 한기가 스미는 것을 보면
자연의 이치와 세월의 흐름이라는 것이
참으로 오묘하다는 생각을 합니다.

산 정상부근에선 성급한 단풍이 고운 자태를 뽐내고
골짜기 건너 계곡엔 여름을 인내한 열매들이 탐스럽게 익어갑니다.
시각의 기쁨과 미각의 향연과 풍요의 축제가 있는 가을은
있는 그대로 멋스러움입니다.

엊그제 철원 잠곡에 있는 복주산을 다녀왔습니다.
높고 푸른 가을 하늘이란 것이 무색할 정도로
가을 내내 햇살 보기가 힘들었었는데,
투명한 햇살을 등지고 시작한 가을 산행.
풀섶에 피어있는 야생초를 만나는 정겨움이 있고,
일상을 털고 자연의 품에 안기는 즐거움이 있어
오후 내내 행복한 시간을 보냈습니다.

산은 정복의 대상이 아닙니다.
우리 조상들은 "산에 오른다."는 표현마저도 아껴
"산에 든다."라는 표현을 즐겨 했습니다.
내가 다가가 산에 안기는 것이지요.

비록 다가가 안기는 것은 산뿐이 아니라
우리들 삶의 모습 속에서도,
경쟁논리 속에서 남들 위에 서야 만족하는 정복자의 위치가 아니라
늘 더불어 살고, 느낌으로 동심(同心)이 되고 행복이 되는

다가가 안기는 모습이 되어야 한다고 생각합니다.

관을 만들어 파는 사람과 장의사들은
사람이 많이 죽기를 바랍니다.
하지만 의사들은 한 사람이라도 더 살리려고 애를 쓰지요.

이는 장의사는 나쁘고 의사는 좋다는 식의
이분법적으로 설명되어질 수 없습니다.
본인의 생업에 충실한 삶을 살아가는 것
그것이 가장 소중한 것이 아닐까 합니다.

진정성으로 삶을 살아내고
주말에 시간을 내서 가을 산을 찾아보세요.
세상과 나를 잊고
그냥 산이 들려주는 고즈넉한 소리와
산이 보여주는 겸손함에 포근히 안겨보세요.
자연이 주는 큰 깨달음이 영혼의 울림으로 다가올 수 있지 않을
까요?

포근함으로 산에 안기다 온 날에….

길을 아는 것과 길을 가는 것

바람이 불 때마다 일렁이던 황금빛 들녘이
이제 무(無)의 공간에 자신을 내어주고 빈들이 되었음을 봅니다.

無가 있음으로 인해 완성되어지는 것이 有라는 개념입니다.
집을 멋있게 지어놓아도 우리가 이용하는 것은
벽체나 기둥 같은 있음(有)이 아니라,
그 있음이 만들어내는 텅 빈 공간(無)입니다.
창문을 만들어도 그 빈 공간을 이용하는 것이지요.

단순히 있고 없음의 존재론적 관점에서 벗어나,
차 있음과 비어 있음의 공간적 구조에서 벗어나,
우리 삶의 모습을 무엇으로 채우고 있는가?
돌이켜볼 필요가 있습니다.
有의 관점에서 보면 참 많이 가진 것이 중요하지만,
無의 관점에서 보면 가진 것보다는
존재로서 얼마나 본성에 충실한가가 중요합니다.

사람들은 한여름 더위에 시원한 곳을 찾다가
요즘처럼 조석으로 쌀쌀하면 따뜻한 곳을 찾습니다.
혹자는 이것을 인간의 간사함에 비유하지만,
그건 몸의 항상성을 유지하기 위한
일관된 노력이며, 몸짓임을 잊어선 안 됩니다.
그것이 또한 자연에 기초한 본성일 수 있지요.

꾸미지 않으려고 해도 잘되지 않는 것이 삶입니다.
분명히 울어야 하는 시점임에도

웃어주어야 할 때가 많은 것도 인생입니다.
하지만 때로 자신의 깊은 내면의 성찰을 통하여
옳고 그름, 채움과 덜어냄의 멋스러움을 지켜가는 것
그것이야말로 아름다운 삶의 모습입니다.

오늘 아침, 논어 한 줄을 읽었습니다.

역사를 배울 것이 아니라
역사에서 배워야 하는 것이고,
고전을 배울 것이 아니라
고전에서 배워야 하는 것입니다.
길을 아는 것과 길을 가는 것을 다르기 때문이지요.
늘 주변과 함께하는 행복함이 있는 멋스런 삶을 영위하시기를….

군맹무상

오랜만에 보는 높푸른 하늘엔
솔개 한 마리가 여유롭고,
투명한 가을 햇살 아래
여름을 인내한 푸르름이
유채색으로 탈바꿈하는 잎들의 향연이 있는
참 좋은 계절입니다.

郡盲撫象(군맹무상)이라는 말씀이 있습니다.
"무리의 맹인이 코끼리를 어루만졌다."라는 말씀이지요.

코끼리를 본 적이 없는 한 무리의 맹인이 있었습니다.
코끼리를 만져보고 생김새에 대하여 논의하기로 했습니다.
코끼리의 코를 만진 사람은 코끼리는 튜브처럼 생겼다고 주장하고,
배를 만진 사람은 벽처럼 생겼다고 우겼으며,
다리를 만진 사람은 기둥처럼 생겼다고 믿었다는
일화에서 나온 성어랍니다.

우린 그 맹인들을 바보스럽다고 이야기할 것이 아니라
순간순간 우리들 자신이 맹인처럼 사고하고 행동하지 않았는가?
돌아볼 필요가 있습니다.

'동굴의 우상'이라는 말씀이 있습니다.
동굴 안에 사는 부족은 햇빛에 의해 투영되어
동굴 벽에 비춰진 그림자가
이 세상의 모든 것이라는 허상을 진실로 믿고 살아가지요.

인식과 사고의 범주가 참 중요한 것 같습니다.
생각을 어떻게 하느냐에 따라
세상이 달라지고 인생이 달라집니다.

늘 좋은 생각과 너른 마음으로
즐거움으로 삶을 살아낼 수 있다면
그 보다 행복한 삶은 없을 것입니다.

꽃밭에 뒹굴다 온 사람은 꽃향기가 배어있지만
시궁창에 발 담그고 온 사람은 악취가 나게 마련이지요.
바람은 산을 흔들 수 없습니다.
칭찬이나 비난이 지혜로운 사람을 흔들 수 없는 것처럼….

교정 앞 묘사할 수 없는 감동으로
은행잎의 가을맞이를 보면서

과정의 소중함

가을을 울어주던 귀뚜라미 소리도,
오솔길을 수놓던 이름 모를 들풀의 향기도,
세월의 강너머
풋풋한 그리움을 남기고
추억 속으로 멀어져갑니다.

요즘 십팔사략을 새롭게 읽고 있습니다.
역사란 승자의 것입니다.
모든 가치판단과 기록은 승자의 입장에서 이루어져 왔음을
부인할 수 없습니다.

하지만 위대함의 관점에서 보면
과정의 소중함도 참으로 중요합니다.
제갈공명은 훌륭한 지략가였지만 사마의에게 패퇴하였고,
한니발은 훌륭한 장군이었지만 스키피오에게 패전하였고,
나폴레옹은 훌륭한 정복 전쟁의 승리자였지만
그나이제나우에게 굴복하였습니다.

하지만 사람들은 사마의나 스키피오, 그나이제나우를
제갈공명과 한니발 그리고 나폴레옹보다
훌륭한 승자로 기억하지 않습니다.
신념과 정열을 갖고 멋스럽게 세상을 살아간 이들의 삶의 모습이
존경심으로 다가오기 때문이 아닐는지요.

승자와 패자의 관점에서 보면
경쟁이 아닌 것이 없고,

겨루고 견주어 길고 짧음을 애달파하지 않음이 없습니다.
하지만 더불어 사는 관점에서 보면
남의 장점을 칭찬할 수 있고, 남의 단점을 끌어안을 수 있으며,
남의 아픔을 같이 슬퍼해 줄 수 있습니다.

가장 인간미 넘치는 사람은 가슴속에서 우러나는
따뜻한 사랑이 있는 사람입니다.

날이 많이 쌀쌀해졌습니다.
추워질수록 따뜻한 가슴으로, 넘치는 사랑으로
포근함으로 세상을 살아내시기를….

수은주가 곤두박질한 날 아침에.

투박함의 멋

엊그제 지인에게서 서예 전시회 서첩 한 권을 받았습니다.
전시회에 직접 가서 봐야 할 것을
그나마 거리가 멀다는 이유로
조그맣게 축소하여 인화된 모습으로 접할 수 있었지만,
작품 속에 푹 빠져볼 수 있는 기회를 가질 수 있어서 좋았습니다.

작품을 죽 보면서 才勝德(재승덕: 재주가 덕보다 뛰어남)보다는
德勝才의 모습이 눈에 어른거렸습니다.
처음에 붓글씨를 쓸 때는 화선지와 한 글자씩 쓰는 획 이외에는
아무것도 보이지 않았습니다.
한 획 한 획은 마음에 들었는데
걸어놓고 보면 전체적인 것은 부조화의 연속이었던 것이지요.

시간이 지나면서 기교를 배우게 됩니다.
꾸밈은 아름답고 멋스러울 수 있지만
덜 숙여진 벼이삭처럼 겸손보다는 교만하기 쉽지요.
글은 번잡하고 화려하고 아름답지만
왠지 깊이를 느낄 수 없는 시기가 있습니다.

인생이 깊어지고 철학이 생기고
잘 쓰고자 하는 노력이 없어질 때
무념무상(無念無想)의 경지에 다다르면
작품은 투박하고 단순하여 도대체 멋이라고는 없어 보이지만,
바라볼수록 내면에서 우러나는 희열을 맛볼 수 있는 편안함이
있습니다.

우리의 인생도 이와 크게 다르지 않음을 느낍니다.

참고로 서예나 미술 작품에는
낙관이라는 도장을 찍습니다.
보통은 이름을 음각으로 새기고, 호를 양각으로 새깁니다.
그리고 반드시 음각을 위쪽에 찍고, 양각을 아래쪽에 찍습니다.
이것은 주역에 기초한 연유가 있지요.

음은 아래로 기운이 향하게 되고 양은 위쪽으로 기운이 향하게
됩니다.
따라서 음을 위에 양을 아래에 놓게 되면
그 기운이 가운데에서 만나게 되지요.
주역에서는 이 괘를 泰(클태)괘라 해서 가장 좋은 괘로 칩니다.
그 반대는 離(떠날리)괘라고 해서 제일 좋지 않은 괘가 되는 것이지요.

왼쪽과 오른쪽을 비교하면 왼쪽이 양입니다.
따라서 여자는 음이기 때문에 오른쪽 손금을 보고
남자는 양이라서 왼쪽 손금을 본답니다.
조선 시대 삼정승도 영의정이 제일 높고 좌의정, 다음이 우의정인
이유가
음양에서 왼쪽이 앞서기 때문이지요.

음이니 양이니 하는 구획 짓고 구분 짓기 좋아하는 세상이지만,
중요한 것은 어느 것 하나 부족함 없는 조화로움에 있지 않나 싶
습니다.
돌을 생긴 대로 조금씩 다듬어서 잘 맞춰 쌓은 석축처럼
내가 남과 다르다고 하는 것은 독선과 아집이 아니라,
조화로움으로 맞춰 살라는 신의 섭리가 아닐는지요.

두 시간을 한 묵에 빠져 노닐던 날….

남산

"태산이 높다 하되 하늘 아래 뫼이로다."
초등학교 시절
이 시조를 외우고 다닌 기억이 있습니다.
태산이 얼마나 높기에 그런 시조가 나왔을까?
어린 마음에 아마도 세상에서 가장 높은 산이
태산일 것이란 생각을 했습니다.

태산은 중국 산둥성에 있는 산이며 높이는 1,524미터랍니다.
너무 낮지요?
그럼 왜 그런 시조를 지었을까요?
중국은 우리나라와 마찬가지로 주산이 있습니다.
서울의 남산, 광주의 무등산, 춘천의 봉의산처럼요.
도시를 끼고 있는 산이어서 잘 대접받고 있는 산들이지요.
태산도 같은 이유에서 많이 등장한답니다.

주말에 남산에 있는 서울타워에 올랐습니다.
가을이 마련한 빛과 색의 잔치에
온 산야가 들떠 한창 멋스러움을 뽐내고 있더군요.
한 떨기 햇살이 붉은 단풍 사이로 얼굴을 간질이고
산들산들 한 바람은 파란 하늘만큼이나 청량감을 더해주었습니다.

산 정상엔 초기 시호통신의 원조인
봉수대의 원형이 잘 보존되어 있고
광장엔 넘치는 인파로 생기가 있었습니다.

중국 천자산에

수직으로 높이 솟은 봉우리 사이에 하늘 다리를 놓은 곳이 있습니다.
그 다리 난간엔 더 이상 채울 수 없을 정도로
많은 자물쇠가 빽빽이 채워져 있더군요.
연인들이 헤어지지 말자는 사랑의 징표로 자물쇠를 채우고
열쇠는 천길 아래로 던져버려 생성된 특별한 이미지이지요.

남산에도 이제 막 시작한 이벤트인지
난간 펜스에 자물통이 상당히 많이 채워져 있음을 보았습니다.
그토록 간절한 사랑이고 염원이고 꿈인데,
OECD 국가에서 이혼율이 수위를 달리고 있다니
초심(初心)을 지켜 산다는 것이 얼마나 중요한 일인가를 깨닫습니다.

타워에 오르니 온 천지가 발아래 보이더군요.
육중하던 건물, 자동차며 기차가
한껏 축소되어 시야에 아스라이 들어왔습니다.
'學而知遠 登高山而望四海(학이지원 등고산이망사해)'
(배워서 지식이 넓어지는 것은
높은 산에 올라 사해를 바라보는 것과 같다.)

높은 곳에 올라 사방을 둘러보며
호연한 마음을 너르게 가져야 함을,
욕심을 덜고 존재에 기초한 성품으로 살아야 함을
큰 울림으로 깨달은 하루였습니다.

태산보다 높은 산이 있습니다.
빙산은 그 보이는 부분보다 보이지 않는 부분이 훨씬 크다고 합니다.
눈에 보이는 것만이 진실은 아닙니다.
어쩌면 참으로 중요한 것은 눈에 보이지 않는 것들이랍니다.

시월의 마지막 날

새벽에 출근하면서
한껏 무르익은 가을 이미지 위에
온통 하얗게 내린 무서리를 봅니다.

어느 가수가 노래한 10월의 마지막 밤이 되었습니다.
오늘이란 시간도
지나고 나면 추억의 언저리에
어쩌면 흔적도 자취도 기억도 없이
사라져버릴 일상인지 모릅니다.

술과 매에는 장사가 없다고 합니다.
흐르는 세월 앞에서도 장사가 없음을 느낍니다.
세월은 참 많은 것을 앗아갑니다.
노화라는 이름으로 팽팽한 젊음도, 시력도, 건강도, 기력도
세월을 감당하기가 쉬운 일은 아니지요.

세월에 맞서려 하지 말고
흐르는 것에 동승하여 자신을 내어 맡기고
여유로움을 찾을 때,
세월은
인품의 멋스러움을, 중년의 중후함을,
고운 자태로 세월과 동행하는 나이 듦의 아름다움을
선물해주기도 합니다.

수레바퀴를 깎는 노인 이야기가 생각납니다.
"소인은 수레바퀴를 깎는 일만 30년을 해왔습니다.

그런데 이게 그렇게 쉽지 않습니다.
가장 중요한 부분이 수레바퀴의 구멍, 곧 바퀴 축이 들어가는 곳
입죠.
이 구멍을 너무 빡빡하게 뚫으면 바퀴가 제대로 굴러가지 못합니다.
또, 이 구멍을 너무 크게 뚫으면
수레가 움직이다가 빠져버리기 십상이죠.
그야말로 바퀴 축에 꼭 맞게 깎아야 합니다.
그런데 소인은 이걸 지난 십 년 동안 자식 놈에게 가르치려고
아무리 말로 설명해도 자식 놈이 알아듣지를 못합니다."

세월과 경험의 멋스러움이 있는 것인데,
발 빠른 순발력과 변화에 대처하는 능력이
경험의 질보다 높이 평가되는 현실이 안타까울 때가 많습니다.

빨리빨리의 이면에는 천천히도 있음을
시속 100km로 앞만 보고 달리는 것 이면에는
20km로 가더라도 길가에 피어난 꽃들을 마주할 수 있는 기쁨도
있음을
센 불에 후다닥 끓여낸 탕의 맛스러움도 있지만,
은은한 불에 오래 달인 진국도 있음을
온통 느리고 민첩하지 못하고 약삭빠르지 않다고 하더라도
듬직하고 믿음성 있는 것도 중요한 것임을….
10월의 마지막을 보내면서 생각합니다.

무심하게 흐르는 세월을 대하며.

자신의 위치

가을이 무르익은 산야의 멋스런 자태를 완상하며
지난 주말 대구로 뮤지컬을 관람하러 갔었습니다.
길 양안으로 흐드러지게 핀 단풍의 자태가
시각의 즐거움을 더해주고,
가슴 한가득 가을을 들여놓을 수 있는 시간을 가질 수 있어서
참으로 즐거웠습니다.

뮤지컬 관람 후 잠시 짬을 내어
달성공원을 찾았습니다.
원래는 외적의 침입을 막기 위한 토성(土城)이었던 곳을
공원화하여 잘 가꾸고 다듬어
시민들의 휴식 공간으로 제공하고 있음을 보고,
고향 춘천에도 이런 멋스런 공원이 있었으면 하는
바램을 가져보았습니다.

공원의 한편에는 온갖 동물들이 전시되어 동물원을 방불케 하였
습니다.
시린 가을 날씨에
우리에 갇혀 자유를 재단 당하고,
인간들에게 보이는 삶을 살아야 하는
동물들의 애처로운 눈망울을 보면서
교육이라는 미명하에
인간의 이기적인 욕망이 자연의 일방적인 희생을 강요하지 않나
하는
생각이 들었습니다.

일전에 '야생화를 사랑하는 모임'에 초대를 받은 적이 있습니다.
저녁을 먹으면서 그들이 갖고 있는 야생화를 사랑하는 마음과
해박한 지식에 입이 다물어지지 않았습니다.
너른 지식의 멋스러움을 부끄러움으로 느꼈었지요.

주말에 '야생화를 사랑하는 모임'과 등산을 할 기회가 있었습니다.
산에서 그들의 행태를 보고
더 이상 그 모임을 동경하지 않게 되었습니다.
자연을 사랑한다 하면서 실은 자연을 해치는 일이 많은 현실에서,
야생화를 사랑한다 하면서 무분별하게 채취하고 훼손하는 모습
속에서
전혀 다른 이중성을 보았기 때문이지요.

모든 것은 자신이 놓일 위치에 있을 때 아름답습니다.

남을 사랑한다 하면서
실은 내 감정을 먼저 챙기지는 않았는지,
남에게 도움을 준다고 하면서
뒤로 자기 자신에게 돌아오는 손익을 먼저 계산하지 않았는지
내면의 깊은 성찰을 하는 아침입니다.

벌써 11월이고 보면
이제 달력도 딸랑 2장밖에 남지 않았습니다.
저물어가는 한 해를
멋스럽게 마무리하시기를….

백마고지에 서서

무채색으로 시작한 한 해가
다시 원점으로 돌아가려는 시점에 서서
가을 햇살 아래 뒹구는 낙엽에서
이미 흘러버린 세월의 흔적을 읽습니다.

낙엽이 뚝뚝 떨어지던 날
민통선 앞 백마고지를 찾았습니다.
야트막한 언덕이어서 산이라는 이름도 얻지 못한 고지에
철원의 너른 평야를 빼앗기 위해
6·25 당시, 11일 동안 24번의 주인이 바뀐 치열한 전투에
피아간 2만여 명의 사상자를 낸 곳이 바로 이곳이랍니다.

포성이 멎고 55년이란 장구한 세월이 흘러
풀 한 포기, 나무 한 그루 없던 이곳에
제법 큰 나무가 성장을 이루었고,
너른 평야를 배경으로 철새가 한가로이 비상합니다.

몇 년 전만 해도 백마고지는 민통선 안이라
일반인들의 출입이 부자유스러웠는데,
지금은 노동당사와 백마고지가 모두 민통선에서 해제되어
누구나 쉽게 갈 수 있는 곳이 되었습니다.

한문에서 용서할 서자는 '恕' 이렇게 씁니다.
이것을 분해하면 如+心이 되지요
즉, 마음이 같아질 때 진정 이해를 할 수 있고
이해가 선행될 때 용서도 가능한 일이지요.

마음으로 함께하지 못한 결과가
참담한 기념비로 남아있는
이곳 백마고지에서
평화와 자유의 참된 의미를 되새기며….

춘천을 추억하며

춘천에는
나의 어린 시절과
성장기의 많은 시간들
중고등학교 가난했지만 순수했던 일상들이
소중하게 접혀 있습니다.

'湖畔(호반)의 도시'의 호반은 호숫가를 의미합니다.
의암댐이 생기기 이전에
북한강에서 내린 강줄기를 신영강이라고 불렀고,
소양댐 줄기를 대바지강이라고 불렀습니다.
모두가 투명한 강가에 벌거벗고 자맥질하던 시절의 이야기이고
보면,
지금은 두 강이 호수 아래 전설과 함께 말없이 잠겨있지요.

의암호는 명경지수(明鏡止水)란 말씀과 같이
고요함 맑은 거울과 같아서 모든 사물을 담아냅니다.
그 고요함은 마음을 평화롭게 하고
흔들리지 않는 안락함을 제공하기도 하여,
마음이 울적할 때 의암호를 끼고 강변도로를 한 바퀴 돌고 나면,
마음이 호수를 닮아 참 평화스러워짐을 느낍니다.

춘천에는 명소(名所)가 많습니다.
남들이 멋스럽다고 느끼는 명소도 있지만,
나름대로 추억이 깃들고 개인 역사의 기록이 만들어주는
의미 있는 곳도 있지요.
지금은 겨울이라 을씨년스럽지만

서면 방동리에 위치한 신숭겸묘소에 다녀와 봄 직합니다.
우리나라에서 풍수지리적으로 대표적인 명당은
서울 사대문 안이랍니다.
춘천 서면에 위치한 신숭겸묘소도 명당 중의 명당으로 꼽고 있지요.
그 지세를 관찰하고 느끼기에는 겨울만큼 좋은 계절도 없답니다.

도이장가(悼二將歌)라는 향가를 들어보셨는지요?
고려 16대 왕 예종이 김낙과 신숭겸을 추모하기 위하여 지은 노래이지요.
도이장가의 의미는
'두 장수를 애도하며 지은 노래' 이런 의미가 있답니다.

날씨가 허락해준다면 더 추워지기 전에
가족과 연인 친구와 함께
가까운 서면 나들이를 해보는 것도 참 좋을 듯합니다.

춘천을 추억하며….

문배마을

곱던 빛깔의 단풍이 세월을 못 이겨 온 대지를 수놓고,
시린 세월을 인내한 백송(白松)이 푸르던 날
구곡폭포 너머 문배마을을 찾았습니다.

갈지(之)자처럼 생긴 길을 굽이굽이 돌아
시야에 부딪히는 낯선 풍경들이 등산객의 울긋불긋한 차림새와
어울려,
한 폭의 풍경화를 연출하고 있었습니다.

50여 미터의 폭포 위에 마을이 위치하고 있을 줄은
꿈에도 생각 못 했는데….
옛날 복숭아꽃 만발하고 논에 메뚜기가 지천이던 시절엔
마치 무릉도원 같았던 멋스러운 이곳이
지금은 도회지 방문객을 위한 음식점만이 즐비해,
분위기와 낭만을 잃어버린 것 같아 나그네의 발걸음이 무거웠습
니다.

산을 오르노라니 『묵공』이란 영화가 생각났습니다.
2천 년 전에 살다간 묵자 가문의 이야기지요.
흔히 겸애설로 인식하고 있는 그 무리들이랍니다.
영화는 화려한 액션에 스케일 큰 전투 장면을 자랑하며
볼거리를 제공해주고 있지만,
그 이면에 흐르고 있는 인간에 대한 깊은 사랑을
침묵으로 발견할 수 있음이 좋았습니다.

서양의 역사를 보면 사랑이라는 깃발 아래 정복전쟁을 일으켜

죽인 사람이 헤아릴 수 없이 많습니다.

그러면서 '박애'를 주장하니 참으로 아이러니 한 일이 아닐 수 없습니다.

그보다는 침묵하지만, 행동으로 보여주는
내면의 깊은 성찰을 통한 사랑의 깊이가
훨씬 더 고귀하고 멋스럽다는 생각을 했습니다.

겸애가 되었든 박애가 되었든 구구절절한 마음속의 사랑이 되었든
그 진정성을 잃지 않는 우리가 되었으면 하는 바람이 있습니다.

동동주 한잔에 시름을 덜고 산을 내려오는 길
초겨울 한낮의 살랑거리는 바람이 상쾌한 날에….

문배마을을 다녀오면서.

탄광견학

제22년 교직 경력 중에는
13년의 탄광촌 근무가 포함되어 있습니다.
일반적으로 광업소에서는 VIP 코스라고 해서
안전한 곳을 견학코스로 운영하고 있지요.

태백에 발령받고
한창 눈이 녹아 냇물이 불어날 풋풋한 계절에
중기 사업을 하는 학부모에게 부탁하여,
VIP 코스가 아닌 선산부들이 직접 탄을 캐는 채탄 현장까지
안내를 받는 기회를 가질 수 있었습니다.

장화 신고, 작업복을 갈아입고, 긴 수건을 목에 두르고
허리엔 묵직한 배터리를 찼습니다.
이 배터리는 헬멧 전면부의 헤드 랜턴과 연결되어 있고
랜턴은 옆으로 비틀어 켜고 끌 수 있도록 되어 있더군요.

배터리의 지속시간은 8시간이랍니다.
이는 광부들이 갱내에서 작업하는 시간이
8시간으로 정해져 있기 때문이지요.
시간을 늘리려면 용량을 늘여야 하고
그러면 배터리 중량이 많이 나가니까,
최소한으로 만든 것이 아닌가 하는 생각이 들었습니다.

방진 마스크를 주는데
이곳에서 직장으로 일하고 있는 사람들도 있는데,
차마 죄송스러운 마음에 그냥 들어가기로 했습니다.

주변이 온통 까만 갱의 입구에서
사람이 고개를 숙여야 통과할 수 있을 정도의 굴속을
2Km를 걸었습니다.
수평으로 뚫은 굴이라 뒤돌아보면
입구가 바늘구멍만 하게 보여 와락 겁이 났습니다.

굴은 수평이라지만 기울기를 갖고 있습니다.
200미터를 파들어 가면 1미터가 올라가는 정도의 미미한 기울기
지요.
이유는 갱내수에 있습니다.
약간 비스듬하게 위쪽으로 뚫어야 갱내수가 입구로 흘러나와
양수기로 퍼올려져 흑룡강(?)을 이루지요.

굴을 지탱하는 것은 나무로 세운 동바리랍니다.
어느 곳은 동바리가 썩어서
하얀 곰팡이 균사가 번식하고 있는 곳도 있고,
산의 무게를 못 이겨 M자 형태로 중간이 부러져 내린 곳도 있고,
한쪽이 깊이 박혀 비뚤름하게 되어 있는 곳….
생명의 연속성이 이곳에서 중단될까 상당히 겁나더군요.
질척거리는 철길을 따라
안으로 들어갈수록 지열로 따뜻해지는 느낌과
탄광이 뿜어내는 독특한 냄새가 느껴졌습니다.

굴의 끝 부분에 다다르자 약간 넓게 공간을 만들어 놓았더군요.
이곳에서 광부들이 쉬기도 하고 점심을 먹는 공간이라 하니,
흐릿한 헤드 랜턴 불빛에 의지하여 지하 수백 미터 공간에서
웅크리고 앉아 식사 및 배설을 해결해야 하는
그들의 삶 모습이 눈에 밟혔습니다.

굴을 뚫자면 암벽과 만나게 됩니다.

그러면 폭파공법으로 암벽을 뚫게 되지요.
우리가 도착하기 바로 전에 폭발이 있었습니다.
탄광 속에는 탄가루만 건강을 위협하는지 알았습니다.
그런데 다이너마이트가 터지고 난 후 하얀 화약 연기가
빠져나갈 곳이 없어 굴속에 아주 오래 머물러 있음을 보고,
우리가 관념으로 생각하던 것하고
실제와는 너무나 큰 괴리가 있음을 깨달았습니다.

기계화 채탄이 이루어지지 않는 작은 굴에서
광부들이 직접 곡괭이와 삽으로 탄을 캐고 있었습니다.
무른 탄맥 속에서 동바리를 세우고, 탄을 캐어 광차에 싣고
땀과 탄가루로 범벅이 되어서 일하고 있는 그들을 보면서,
내가 누리고 있는 삶의 과정이
너무 편안한 것이었음을 그들로 인해 느낄 수 있었습니다.

목욕을 하고 돌아오는 길
삶의 과정이 참 많이 다른 이들의 모습을 보면서
생활 속에서 불평불만들을 덜어내고,
작은 것 하나에도 감사해야 하는 큰 이유 있음을
소중함으로 깨닫는 기회를 가질 수 있음이 감사하였습니다.

가끔은 불현듯 차를 몰고 그곳으로 갈 만큼
그곳이 그리워질 때가 있습니다.

첫눈

첫눈이 내렸습니다.
첫사랑, 첫 경험, 첫눈….
처음이라는 말에는 묘한 설레임이 들어 있습니다.

개인적으로 비보다 눈이 좋은 이유는
비 오는 날의 수채와 같은 풍경보다,
하얀 눈이 덮인 동양화 같은 풍경이 주는
여백의 멋스러움이 있기 때문입니다.

비는 내리면 사라지는 성질이 있지만
눈은 오래도록 순백의 미소로 남아
세월을 추억하게 하기 때문입니다.

비는 맞으면 처량하다는 느낌이 들지만
눈을 맞으면 낭만적인 느낌이 들기 때문입니다.

비는 시끄럽게 성근 소리를 내며 내리지만
눈은 소리 없이 소복소복 내리기 때문입니다.

비는 사람들의 마음을 젖게 하지만
눈은 상처받은 사람의 마음도 포근하게 감싸기 때문입니다.

첫눈이 펑펑 내리던 날
그 시간에 저는 춘천 가는 도로 위에 있었습니다.
시야 가득 어지러이 흩날리는 눈발들
수없이 차로 달려드는 눈꽃송이 때문에

어지럼증이 났습니다.

간간이 보이는 길모퉁이 가로등 아래
소담스럽게 눈이 내리는 풍경은
한 폭의 풍경화를 보는 느낌이 들었습니다.

어렸을 때
무릎까지 눈이 오던 날
흰둥이 데리고 마을 어귀까지
눈을 쓸고 돌아오는 길,
가깝게 들리는 참새 소리와
그 눈부신 설국의 정취를 잊을 수가 없습니다.

눈은 세상의 잘난 사람이나 못난 사람이나.
부유하거나 가난하거나
모든 것을 포근히 덮어줍니다.
이 세상을 살면서도 모두를 감싸 안을 수 있는
너른 마음을 갖고 시린 세월을 이겨낼 수 있다면,
참으로 행복하겠다는 생각을 했습니다.

춘천에서 유하고 어스름 새벽에
다시 철원으로 돌아오는 길
밤새 또 폭설이 내렸더군요.

소나무가 눈의 무게를 감당하지 못해
처진 가지 사이로 겨울을 힘겹게 떠받치고 있는 모습,
눈이 만들어 놓은 참으로 멋스런 풍광들이
길 양안에 펼쳐져 있었습니다.
소나무 열병하는 길을 지나
평소보다 두 배는 걸려 철원으로 왔지만,

그 미끄러운 길에서 삶의 과정을 돌이켜보고
어린 날을 추억할 수 있어서 좋았습니다.

Positive Thinking이란 말씀이 있지요.
'긍정적인 사고'를 의미한답니다.
어떤 일을 할 때 부정적인 시각으로 바라보는 사람보다는
늘 밝고 좋은 모습으로 긍정적인 시야를 갖고
세상을 바라볼 수 있다면….

눈이 와서 길이 미끄러울 것을 염려하여
스트레스를 받는 것은 삶에 아무런 도움이 되지 않습니다.
차라리 눈으로 얻어지는 즐거움과 멋스러움을 감상하는 감사함
으로,
엔도르핀을 증가시키는 긍정적 사고가
삶에, 인생에, 생활에 큰 도움이 됩니다.

온 대지에 흰 눈이 쌓이고
나뭇가지마다 탐스런 설화가 맺힌
함박눈이 펑펑 내리던 날에.

수타사 풍경소리

햇살이 좋은 날 홍천 수타사를 찾았습니다.

일주문(一柱門)너머 고즈넉한 산길을 오르노라면
(참고로 일주문은 기둥이 한 개로 되어있는
선문도량의 입구를 의미합니다.
일주문 밖이 세간이라고 한다면 일주문 안은 출세간이 되는 셈이
지요.)
성장을 이룬 숲의 깊은 숨소리와
숲이 내뿜는 자연의 청정함을
온몸으로 느낄 수 있는 시간을 가질 수 있어 참 좋았습니다.

내를 끼고 오르는 오솔길엔
갈색 초겨울의 모습이 언뜻언뜻 보이고,
길 양안에 수북이 쌓여있는 마른 낙엽이
바스락거림으로 지난 세월을 추억하고,
아직 푸름을 간직한 들풀의 몸짓이 애처로움으로 남았습니다.

대웅전을 한 바퀴 돌아
잠시 마루에 앉아 지친 다리를 쉬고 있노라니
풍경소리가 은은하였습니다.

절에는 물고기 모양의 조형이 많습니다.
산사의 아침을 깨우는 목어(木魚)가 그렇고요.
처마 끝에 매달린 풍경(風磬)이 그렇습니다.

물고기는 잠을 잘 때에도 눈을 감지 않습니다.

따라서 늘 깨어 있으라는 화두가 그 안에 담겨있지요.
보편화되고 객관화된 시각으로 상대를 대하고
자신에게 내면화된 의식으로
흐리지 않는 판단력을 갖추라는 의미겠지요.

저무는 구름 아래 햇살에 의지하여 산을 내려오면서
사람이 살아가면서 배워야 하고 느껴야 할 모든 것들이
이미 자연 속에 내재되어 있음을
산사에서 깨닫는 소중한 하루였습니다.

세월의 깊이를 느끼던 날….

비무장 지대

동토의 왕국 같았던 이곳 철원에도
산들산들 한 바람이 따뜻하고,
논둑길엔 오랜 잠에서 깬
여린 풀들의 몸짓이 아지랑이로 피어올라
한껏 무르익은 봄을 느끼게 합니다.

지난 일요일엔 친지들의 방문이 있어
민통선 안 승리전망대를 찾았습니다.

솔개의 비행에 나른한 오후
남북 정상회담 이후 확성기가 꺼지고,
교회 첨탑의 불빛도 사라지고,
범종각의 종소리도 멈춘 지 오래되어
누런 햇살만이 적막을 일깨우고 있었습니다.

시야 확보를 위해 놓은 불로 시야가 탁 트여
상대편을 훤히 볼 수 있음과
넓은 들은 청량감을 더해 주더군요.
요즘은 사람의 눈으로 보이는 현상보다도
위성으로, 레이더로, 전파로….
각종 첨단 시설들이 서로를 뚫어보고 있는 현실인지라,
북으로 총구를 겨누고 서 있는 초병은
매서운 눈초리가 아니어도 좋을 듯하다는 생각을 했습니다.

산 아래 어디쯤 실질적인 남과 북의 군사 분계선이 있고,
육안으로도 훤히 보이는 북쪽 초소와 선전마을을 보면서

지구상에 마지막 남은 이념으로의 분단의 현실과
손에 잡힐 듯 가까운 땅을 밟아볼 수 없는 현실에
허탈감마저 느껴졌습니다.

생각과 인식의 차이가
얼마나 엄청난 고통과 아픔을 가져다주는지….
우리의 삶 속에서도
인식의 범주가 참으로 중요하다는 생각을 했습니다.

때론 불같이 화가 나고
참기 어려운 분노가 가슴으로 치밀어
불멸의 밤을 지새울 때도 있지만,
세월에 묻혀 지나간 일이 되고 보면
별일도 아닌 것을 왜 그리 인내하지 못했을까?
자괴감이 들 때가 있습니다.

마음이 넓고 도량이 크다고 하는 것은
자기만 주장하고, 저울질함으로써 얻어지는 것이 아님을
비무장 지대를 바라보며 깨닫습니다.

이곳 철원도 봄이 되었습니다.
활동하기에 좋은 계절
철원으로 오실 계획이 있으면 연락주기기 바랍니다.
비무장(?)으로 오셔도 언제든지 환영합니다.

실질적인 한해의 시작점인 춘삼월에
봄소식을 전하며….

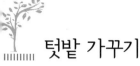

텃밭 가꾸기

아파트 앞 흐르는 실개천에도
어김없이 봄이 찾아와
잠 깬 버들개지의 뽀오얀 몸짓에
포근함이 느껴지는 계절입니다.

아파트 옆 조그만 부지가 있어
채마밭으로 분양을 받았습니다.
지난해 누군가가 심어놓고 관리하지 않은 묵밭인지라
잡초만이 우거져 누런 검불을 모아 불을 놓았습니다.

굼실굼실 타들어 가는 불꽃과
코끝을 스치는 매캐한 연기가
봄빛 난만한 햇살 아래
조그만 행복을 가져다주었습니다.

오랜만에 흙 위에 서니
흙이 주는 부드러움과
모든 것을 잉태하여 풍성함으로 되돌려주는 넉넉함
만물을 끌어안으면서도,
늘 그 자리를 침묵으로 지키는 일관된 모습
흙에서 낮은 데로 임하는 겸손과
늘 넉넉함으로 상대방을 대하는 배려를 배웁니다.

올해는 쑥갓과 상추, 파와 고추를 심어
소일거리로 자연을 접하고
직접 가꾼 남새로 식탁을 풍성하게 꾸며볼까 합니다.

농사꾼의 아들로 태어나
동트는 이른 아침부터 저물녘까지
일에 최선을 다해 매달려도, 가난을 벗어나기 힘든 과정을
참 오래 겪었습니다.

일한 만큼 잘사는 사회가 된다면,
노동의 신성한 가치가 인정되는 사회가 된다면,
저는 제일 잘 사는 계층이 농민이어야 한다고 생각합니다.

지금도 손발이 부르트고 허리가 부러져라 일하는 많은 분들에게
식탁에 앉을 때마다 감사의 염(念)을 잊지 말아야겠고,
쌀 한 톨, 반찬 한 가지라도 소홀하게 버려지는 일이
없어야겠다고 스스로 다짐해봅니다.

5년 전 여름
아이들을 데리고 야영을 갔었습니다.
계곡에 텐트를 치고, 스스로 밥을 지어먹으며
즐거운 한때를 보냈지요.
2박 3일이 지나고 철수를 하면서
쓰레기통에서 발견된 빈 소주병은 용서할 수 있어도,
전혀 손대지 않은 양파, 당근, 마늘, 식용유… 이런 것들이
함부로 버려졌음을 보았을 때
아이들을 용서할 수 없었습니다.

우리가 교육이라는 미명하에 머리만 키워서는 안 되는 이유가
아이들 삶에 중요한 가치가 어떤 것인가를
가슴으로 함께할 수 있었으면 하는 바람이
간절함으로 다가옵니다.

선생님 그 위대한 호칭

남쪽에서부터 들려오는 봄소식이 빈 들을 깨우고,
한 해를 시작하는 농부들의 손길을 분주하게 하고,
너른 들에 가득한 아지랑이 속삭이게 하는
그런 황홀한 봄이 되었습니다.

요즘 수요일마다 야간에 대학 강단에 섭니다.
실력이 있어서라기보다는
워낙 좁은 지역이라
인재가 없어서라는 표현이 적절하겠지요.

학생들이 교수님이라고 부르는 호칭에 익숙하지 않아
무척이나 어색합니다.

실은 선생님보다 좋은 호칭은 없습니다.
교수나 교사는 직책일 뿐이지요.
교수를 교수님이라고 부르면 교사는 교사님이라고 불러야 옳습
니다.
컴퓨터 강의를 할 때도
일반 동료 선생님들이 무언가 다른 대접을 하고 싶은 생각에
강사님이라고 불러 저를 당황하게 한 적도 있습니다.
이 세상에서 가장 존경받을 수 있고 멋스런 호칭은
선생님보다 큰 것이 없다는 생각을 합니다.

우리 주변에서 좋은 호칭을 쓰고자 하는 노력을 많이 봅니다.
보험 아줌마보다는 보험설계사가,
가정부보다는 가사도우미가,

청소부보다는 환경미화원이 훨씬 듣기 좋고 기분 좋습니다.

우스갯소리 하나
전학을 온 학생이 있었습니다.
선생님: 아버지의 직업이 뭐지?
아　이: 수산업이요.
선생님: 그럼 바다에서 고기를 잡으시나?
아　이: 아니요.
선생님: 그럼 양식업에 종사하시나?
아　이: 아니요.
선생님: 그럼 어떤 일을 하시지?
아　이: 붕어빵 구워 파시는데요.
선생님: ???

긍정적 사고가 세상을 바꿉니다.

오늘 선생님이라는 큰 호칭 앞에서
답게 살아왔는지… 내면의 울림으로 반성해보는 아침
왠지 두려움마저 드는 것은
인정하거나 그렇지 않거나 간에 사회적 리더로서의 역할이
우리에게 주어져 있어서가 아닐는지요.

다래끼 옆에 차고 호미 들고
양지바른 앞산으로
고들빼기 캐러 가기 좋은 날에….

봄에 대한 소고

아침부터 서설이 내려온 세상이 설국이 되었습니다.
눈이 많이 온 날 아침
환경보전의 의미보다 뱃속 사정이 더 급했던 시절,
삼태기에 막대를 고여
먹이를 찾아 내려온 참새를 잡았던 시절이 있었습니다.

아침에 그렇게 하얀 추억을 가져다준 눈이
종일 하염없이 내립니다.

눈 속에서도 갓 피어난 버들개지를 보면서
어김없이 찾아온 봄을 느낍니다.

봄(春)이란 단어에는 들녘 아지랑이 같은
아찔함이 들어 있습니다.
새로 맞이하는 봄이란 의미도 있지만
가슴 부푼 이성에 대한 그리움과 연민의 정도 실려 있지요.

春畵(춘화: 남녀 간의 성애 및 성행위를 묘사하거나 상징적으로
표현해놓은 그림)
　春情(춘정: 남녀 간의 정욕)
　賣春(매춘: 여자가 돈을 받고 아무 남자에게나 몸을 팖)
　思春期(사춘기: 육체적·정신적으로 성인이 되는 시기)

이처럼 春이라는 글자 속에는
봄철 소생하는 만물처럼 야함이 들어 있지요.

野(야)하다는 표현도
천박하고 요염하다는 뜻이지만
글자 그대로 해석해보면,
"들처럼 꾸밈이 없고 진솔하다."
이런 의미로 해석이 가능합니다.

사과 속에 들어 있는 씨앗을 보는 것은 쉽지만,
그 씨앗 속에 들어 있는 사과나무를 보는 것은
쉽지 않다는 느낌으로 아이들 앞에 서고 싶은 마음을 담으면서….

봄바람이 매운 철원에서.

거북이 등에서 털깎기

창을 열어 놓아도 바깥 공기가
별로 싫지 않은 계절입니다.

교정에 한가롭던 산수유나무에서
꽃망울 부푸는 소리가 들리고,
겨우내 잠들었던 개나리의 기지개에
봄의 열기가 온몸으로 흐르는 호시절입니다.

먼 산에 언뜻언뜻 하던 잔설도 사라지고
겨우내 얼었던 얼음이 풀려,
이 골 저 골 물 흐르는 소리에
온 세상이 풋풋함으로 넘쳐
몸에서 새순이 돋아날 것 같은 계절입니다.

龜背刮毛(귀배괄모)란 말이 있습니다.
"거북이 등에서 털깎기."란 말씀이지요.
이룰 수 없는 일을 하려고 애쓰는 사람을 의미한답니다.

어찌 보면 우리 민족은 체념을 너무 쉽게 하는 경향이 있습니다.
외국에 비하여 정신병원이 매우 적은 것도
이 체념의 문화에서 비롯된 것이 아닐까 합니다.

우리나라의 정신 건강을 지켜준 또 하나는
무당의 역할과 사주팔자론이지요.
무당은 미신으로 치부하여 속된 것으로 표현하지만
마음이 불안에 휩싸여 있을 때,

굿이라는 행위를 통하여
카타르시스를 느끼며 마음의 짐을 내려놓도록
돕는 역할을 해왔다는 것을 무시할 수 없습니다.

또한, 지인이 세상을 등졌을 때도
스트레스를 많이 받기보다는
"명이여!" 하고 쉽게 체념하는 운명론은
정신건강을 이롭게 하는데 크게 기여했다는 것을
부인할 수는 없습니다.

컴퓨터를 접하고,
학교 정보실에 근무하면서
하루에도 몇 번씩 전화를 받습니다.
일의 특성상 가서 해결해주어야 할 뿐 아니라,
해결이 어려운 경우가 많아
잘하면 본전이고, 못하면 원망받는….

어차피 해주어야 할 일이라면
인상 쓰지 않고 기쁨으로 하자는 생각과
쉽게 포기하지 말고, 여러 각도로 접근하여 해결 의지가 필요함을
거북이 등딱지에서 솜털의 흔적이라도 찾으려는 마음으로
하루를 살아냅니다.

여러분들도 힘내시기 바랍니다.
세상은 누가 일궈주는 것이 아님을
스스로 하지 않고서는 아무것도 이룰 수 없음을
망가진 컴퓨터 앞에서 깨닫습니다.

철없는 세상

텃밭을 일구려고 삽과 호미를 들고
어머니의 품속 같은 흙 위에 섰습니다.
지난해 웃자란 검불을 걷어내니
앙증맞게 여린 풀들이 삐죽이 얼굴을 내밀어
오는 봄과 흐른 세월을 각인시켜 주었습니다.

봄의 따뜻한 햇살 아래
이마에 송글송글 땀이 맺힐 정도로 일을 마치고
잘 정돈된 밭을 보니 기분이 상쾌합니다.

실력 없는 초보 농사꾼은 다음과 같은 특징이 있습니다.
씨앗을 뿌릴 때 너무 조밀하게 뿌리고
잘 솎아주지 못하지요.
이 조그만 씨앗이 얼마나 클지 가늠할 수 없기 때문에….

또한, 거름을 너무 안 하거나 지나치게 하여
농작물이 자라지 못하거나 타죽게 하는 경우가 다반사이지요.

처음에는 너무 과하다 싶을 정도로 밭을 돌보다가
얼마 지나지 아니하여 쉽게 싫증을 내고
여름쯤 되면 거의 묵밭 수준으로 되는 경우가 많습니다.

欲巧反拙(욕교반졸)이라 했습니다.
'기교를 너무 부리려고 하면 오히려 졸작이 됨'
지나치게 잘하려는 노력이
오히려 일을 그르치는 경우가 많습니다.

올해는 많은 것을 심기보다는
적당한 것을 듬성듬성 심고
자연과 햇빛, 땅이 주는 교훈을
몸으로 배워야겠다는 생각을 했습니다.

자연을 접하면
때가 중요함을 느낍니다.
이것을 선인들은 "철들었다."라고 표현하지요.
즉, '봄철과 여름철, 가을철과 겨울철에 해야 하는 일을
잘 알아서 처리할 수 있음'을 의미합니다.

그런데
시장에 나가면 한겨울에도 딸기와 수박이 널려있는 요즘
세상 자체가 철이 없습니다.

요즘 가르치는 아이들이
철없는 이유인가 봅니다.
진흙에 살면서도 물들지 않는 연꽃처럼
세상이 철이 없어도 철든 아이들을 소망하면서….

꾸미지 않음의 멋스러움

봄비가 촉촉이 대지를 적셔
마른 땅에 온갖 생명의 기운이 넘치고
아지랑이 어른거림이 아찔한 봄입니다.

작년과 달리 올해는 전문교과를
담당하여 가르치고 있습니다.
빠르게 변화하는 세상에서 정보를 가르쳐야 하는 건
차라리 고통입니다.
두 시간 준비하여 한 시간 때우면
또 다음 시간이 걱정이지요.
나이 듦과 새로운 일의 시작
그 효율성의 반비례 관계를 아프게 겪고 있습니다.

올해 집을 좀 넓은 곳으로 옮겼습니다.
텅 빈 공간이 싫어 화초를 몇 분(盆) 들여놓았습니다.
겨우내 꼼짝 않던 식물들이
봄이 되니 여린 잎을 틔우고,
하루가 다르게 왕성하게 성장활동을 하는 것이
아파트 안에 있어도 오는 계절을 느끼는 것 같습니다.

자연이란 이렇게 시키지 않아도
누구의 간섭이나 비판 없이도
'스스로 그러한 것'이기에 참 멋스러운 것 같습니다.
다만, 좁은 화분에서 고생하지 않도록 분갈이를 해주고,
목마르지 않도록 간간이 물을 줄 뿐이지
생김새를 멋스럽게 하기 위하여

비비 틀어 매어 놓거나,
이리저리 구부려놓는 일은 하지 않으려고 합니다.
굳이 인공을 빌리지 않아도 자연은 자연 그대로의
범접할 수 없는 멋스러움이 있으니까요.

또한, 보기에 좋다고 하는 것은
어디까지나 인간의 눈으로, 인간의 잣대로
인간 중심으로 판단하는 것이지
그 속에서 겪어야 하는 나무의 본성은 아닐 것입니다.
조그만 화분을 접하면서
꾸미지 않음의 멋스러움을
그 진솔함이 주는 넉넉함 속에서 우러나는 향기를
늘 간직할 수 있으면 하는 작은 소망을 보태봅니다.

비가 오더니 날이 추워졌습니다.
고르지 않은 일기에 건강에 유의하시기를….

멧돼지와 고라니

어쩌다 저녁 무렵 춘천 나가는 길이나
새벽녘 동틀 무렵 철원 들어올 때
도로 위에서 고라니와 마주칠 때가 있습니다.

야생 고라니를 보면서
우리나라도 자연환경이 많이 좋아졌구나 하는 생각에
흐뭇함이 있습니다.

일전에 어느 라디오 방송이 생각납니다.
호젓한 산길을 차를 몰고 가다가
눈앞에 갑자기 나타난 동물을 보고
소스라쳐 급정거를 하고 보니,
송아지만 한 멧돼지가
헤드라이트에 눈이 부셔 도망가지도 못하고 서 있더랍니다.

순간 보호해야 할까? 아님 차로 치어 실어야 할까 고민하다가
급출발하여 멧돼지를 들이받았답니다.
큰 충격이 있고 나서
누워있는 멧돼지를 실으려고 밖으로 나오니,
멧돼지는 비실비실 일어나 도망가버리고
차량 견적만 200만 원이 나왔다는 이야기~.

남의 이야기니 재미있지요?
참고로 멧-이란 말 속에는 '산' 또는 '야생'이란 의미가 있어요.
멧돼지, 멧새, 멧미나리, 멧비둘기, 멧누에고치, 멧닭… 이렇게 쓴
답니다.

만물의 영장이 인간일지는 모르겠으나
지구의 주인은 인간뿐만은 아닐 것입니다.
이것이 주변에 동식물을 잘 보호해야 할 이유입니다.

선입관

흔히 사람들은 동물을 대할 때
선입관을 가질 때가 많습니다.
어찌 보면 어릴 때부터 읽어왔던 동화나 우화가
그 동물이 갖고 있는 습성이 인간에게 도움이 되었는가 하는
이로움의 잣대로 해석되어진
그릇된 관념들로 인해,
성장해서도 인식의 틀에서 벗어나지 못하는 경우를 많이 봅니다.

불이 뜨거운지 모르고
그 아름다움에 만지려고 하는 어린아이의 관념 속에는
인식의 대상에 대한 선입관이 없습니다.
부딪쳐보고 느낌을 가짐에 충실할 뿐이지요.

우리는 살아가면서 남에 대한 이야기를 많이 듣습니다.
어떨 때는 많이 하기도 하지요.
그것이 얼마나 많은 사람들의 가슴에 선입관이라는 상처를 남기
는지
깊은 생각을 해보는 아침입니다.

시력이 좋다고 혜안까지 있는 것은 아니겠지요?

재스민 꽃향기

새로 이사 온 집이 동향이라
아침 햇살이 방 안 깊숙이 들어와
일요일에 늦잠을 잘 수 없다는 단점은 있지만
투명한 햇살을 온몸으로 느낄 수 있어서 좋습니다.

겨우내 움츠렸던 화분들이
봄 햇살의 간질거림에 못 이겨
다투어 꽃을 피워올려
퇴근 후에 작은 기쁨을 선사해주었습니다.

하얀 꽃잎자루를 달고 앙증맞게 피어있는 사랑초는
이름만큼이나 꽃잎 모양도 하트에 가깝지만,
밤이 되면 잎이 접혀 포개져 하나가 되는
참 재미있는 꽃이랍니다.

재스민도 보라색 향기로 피어나
몇 잎 안 되는 꽃망울이지만,
진한 향으로 온 집안에 가득 차
사랑으로 보듬고 키워온 겨울의 인내를
충분히 보상하고도 남음이 있습니다.

春蘭秋菊(춘란추국)이란 말이 있습니다.
'봄의 난초와 가을의 국화'라는 말씀이지요.
이보다 더 좋을 수 없다는 것을 의미합니다.
지인에게 선물 받은
이미 피어있는 상태의 난초보다는

집에서 잘 길러 스스로 꽃망울을 틔운
난초에 더 정이 가는 것은
그만큼 과정에서의 애정이 각별한 이유일 것입니다.

그것이 생텍쥐페리의 "길들인다."는 표현이고 보면
서로 길들인 관계성 속에서의 삶이 참으로 중요함을….
매일 만나고, 한이불을 덮고 살며, 가까운 사람일수록
더 아끼고 배려하고, 존중하며 사랑해야 하는 큰 이유 있음을
한껏 망울이 부풀어 터질듯한
재스민 화분 앞에서 생각하는 아침입니다.

산수유

비 오는 주말을 잘 보내셨는지요?
토요일엔 텃밭에 상추, 천경채, 아욱, 쑥갓 씨앗을 뿌렸습니다.
정말 작은 씨앗이
싹을 틔우고 저리 성장한다고 하는 것이 참으로 신기합니다.

일요일엔 민통선 앞에서 매운탕을 먹었습니다.
직접 잡은 고기로 끓여내었는데
국물이 얼마나 맛있는지요.
매운탕은 살이 통통히 오른 봄이 제철인 것 같습니다.

봄빛으로 난만한 길을 돌아오면서
잠시 차를 멈추고
이제 갓 깨어난 푸릇한 들로 나섰습니다.

검불 사이로 삐죽 얼굴을 내민 뽀얀 쑥과
파랗게 군락을 이룬 달래를 캐면서
봄이 주는 행복에 흠뻑 취하는 기쁨을 누렸습니다.
언제 컸는지 꽃다지들도 노란 꽃망울을
앙증맞게 피워올려 하늘을 떠받들고 있는 모습….

세월의 흐름에 좋은 추억을 쌓아가는 것에서
나이 듦이 절망적인 일만은 아니라는 것을 배웁니다.

내 손으로 캔 나물을 다듬어서
봄을 만끽하는 것도 또한 큰 기쁨입니다.
기지개를 켜고 세상을 품어낸 봄꽃처럼

화사함으로 좋은 시절을 보내시기 바랍니다.

산수유 그 노란 향기에 흠뻑 취하던 날에….

봄의 순결 백목련

아침마다 일기예보에서
단골로 등장하는 곳이 철원이고 보면,
이곳이 남한에서 가장 추운 곳으로 인식되는 것도 무리는 아닐듯
합니다.

이 철원에도
교정에 하얀 목련이
큰 눈동자를 굴리며
개화를 서두르고 있습니다.

목련은 4월의 꽃이라고 할 수 있지요.
나무에서 핀 연꽃이라는 의미에서
목련(木蓮)이라 불렀다는 이야기도 있습니다.

목련에는
봉오리만 여문 채 눈보라 속에서 겨울을 난 고아함과
처음 꽃송이를 피울 때의 상서로움
활짝 피었을 때의 화려함….
진정 목련은 봄의 순결입니다.

목련의 꽃봉오리가 일제히 북쪽을 향해
핀다는 사실을 알고 계신지요?
과학적은 근거가 있는 사실이랍니다.

한데,
북쪽은 우리와 별로 친하지 않은 방향입니다.

초등학교 도덕 교과서에는
으레 나쁜 무리들이 북에서 내려와
함부로 농장을 습격하여 닭을 잡아가지요.
아이들에게 은연중 북은 나쁘다는 인상을 심어주기에 충분합니다.

그런가 하면 북은 임금이 있는 곳을 의미하기도 합니다.
임금은 북쪽에 앉아 남쪽을 바라보고 정치를 하지요.
따라서 임금 노릇을 하는 것을 남면지락(南面之樂)
'남쪽을 바라보는 즐거움'이라고 했습니다.

지금 철원에 있는 궁예 도성은
얄궂게도 남한과 북한의 경계선에 놓여 있습니다.
비무장지대라 아무도 접근할 수 없지요.
지금은 허물어지고 자취마저 인멸되어
허망한 궁터만 남아있지만,
북쪽에는 임금이 정사를 돌보는 화려한 전각들이 즐비했고
남쪽에는 주로 마당이나 정원이 존재했었다는 사실과
무관하지 않습니다.

백사 이항복이 함경도 북청으로 유배를 떠날 때도
분명 임금은 지리적으로 남쪽에 위치하고 있는데도
북쪽을 향하여 북향재배를 합니다.
임금은 항상 북쪽에 있다고 생각한 때문이지요.

봄날의 따사로움 만큼이나
해빙기의 아침을 기대하면서….

세계에서 유일한 분단의 땅에서.

도피안사

지금 교정엔 노오란 민들레가 앙증맞게 피어있고,
언제 자랐는지 한 뼘이나 큰 꽃단지들이
한들거리는 꽃망울을 한껏 이고 있습니다.
목련은 꿈에 터질 듯 부풀어
온통 순백의 고결함으로 하늘을 마주하고,
때 이른 벚꽃도 한껏 기지개를 켭니다.

간간이 울어주는 소쩍새 소리에
봄은 어디를 둘러봐도 화사함으로 단장하고,
대지에, 하늘에, 온 세상에 가득합니다.

지난 휴일 누런 햇빛이 굼실대는 오후
봄빛 난만한 대지를 숨 쉬며 잠시 짬을 내어 도피안사를 찾았습니다.

불가에서는 차안(此岸)과 피안(彼岸)을 구분합니다.
피안(彼岸)은 건너편, 저쪽 언덕이라는 뜻과
이상의 세계, 이상의 경지, 깨달음의 세계를 뜻한답니다.
즉, 고통스런 중생의 현실을 '이 언덕(此岸: 차안)'에
고통이 없는 행복의 이상적인 깨달음의 경지를
'저 언덕(彼岸)'에 비유한 것이지요.

그 피안에 도착한다는 의미인 到彼岸寺(도피안사)는
전설을 차치하더라도 참 좋은 의미의 절이지요.

아직 일주문도 없고, 절 곳곳에 공사가 한창이지만,
본당만큼은 역사가 상당히 오래된 절이랍니다(865년 건립).

대웅전 앞에 있는 오래된 느릅나무가 그 역사를 웅변하고 있지요.

그 안에 철조비로자나불상이 있습니다.
현재 국보 63호로 지정되어 관리하고 있는 불상인데,
얼마 전에 세월의 흔적에 부식되어
볼품없다고 느꼈는지 절에서 금박을 입혀
번쩍번쩍하게 만들어 안치시켰더군요.

보기엔 좋을지 모르지만
원래의 순수하고 소박한 맛이 사라져
불자가 아닌 저도 다시 가보고 싶은 생각이 없었습니다.

하지만 이번 방문엔 다시 금박을 걷어내고,
청초하고 순수를 고스란히 간직한 옛 모습으로 돌아와 있는 것을 보고
적잖이 흐뭇했습니다.

外華內貧(외화내빈)이란 말씀이 있습니다.
'겉은 화려하나 실속이 없음'을 의미하지요.

깊은 강이나 가득 찬 것은 소리가 없습니다.
풍경소리 그윽한 산사에서
우리가 삶을 진중하게 살아야 하는
큰 깨달음을 얻는 소중한 하루였습니다.

어디를 보아도 온통 꽃의 향연입니다.
이 좋은 계절은 온몸으로 만끽하는
참 좋은 주말을 보내시기를….

개나리 흐드러진 길을 하루 종일 걷고 싶은 날에….

일모도원

"산 너머 남촌에는 누가 살길래
해마다 봄바람이 남으로 오네…."

탐스런 벚꽃이 세월을 못 이겨
꽃 비 되어 풀풀 내리는 날
가는 봄을 아쉬워하며 뜨락에 섰습니다.

개나리와 진달래가 머물고 간 자리엔
이젠 앙증맞은 제비꽃과
봉오리를 머금은 철쭉이 또 다른 잔치를 준비하고 있습니다.

벌써 4월의 중순이 되었습니다.
농촌 들녘에 가면 비닐하우스에 웃자란 작물을 돌보는 손길이 분
주하고,
못자리를 준비한 논엔 그득한 물이 풋풋함으로 다가옵니다.

애처로움으로 봄을 보내며
日暮道遠(일모도원)이란 말씀을 생각합니다.
"날은 저물어 가는데 갈 길은 멀다."는 말씀엔
아직 할 일이 많이 남았는데, 나이를 먹어가는 서러움이 들어 있
습니다.

불혹을 훌쩍 넘기고
천명을 알아야 할 나이인데,
마음에는 왜 그토록 나이테가 생기지 않는지
표현은 늙어간다고 하면서도

나이의 존재를 잊고 살아온 세월.

소동파의 적벽부엔
'哀吾生之須臾 羨長江之無窮
(애오생지수유 선장강지무궁)'이란 글이 들어 있습니다.
"우리 인생의 덧없이 짧음을 서러워하고
장강의 무궁한 흐름을 부러워한다."는 구절이 있고 보면
장락(長樂)이 인생의 가장 큰 즐거움은 맞는 것 같습니다.

어찌 보면 길게 삶을 향유하는 것보다
순간순간 즐거움과 행복을 누리는 삶이
더 중요한 것 같습니다.
욕심을 덜어내고, 현재를 즐기며
스스로 기뻐하는 삶.

근심한다고 해서 세상이 달라진 것이 없는 것을 보면
낙천적으로 삶을 살아가는 자세가 참 중요하다는 생각을 합니다.

봄은 가지만 아주 가는 것이 아니며
세월은 흐르지만, 영원히 끝나는 것이 아님을
봄을 보내는 마음으로
벚나무 아래서 백설 같은 꽃 비를 맞으면서….

삶의 무게

엊그제 텃밭에 뿌린 씨앗이
그 여리디여린 잎이
두꺼운 대지를 뚫고 삐죽이 나오는 것을 보면,
아무리 여리다고 해도 무시할 것이 아니란 생각이 듭니다.

지난 주말, 화천에 있는 누이를 찾았습니다.
아주 시골인지라
마당에 아무렇게나 자란 민들레만 캐도
한 끼 반찬은 거뜬하고,
야생화를 화단 가득히 심어놓아 철마다 꽃향기 풀풀하고
마당 한켠에는 닭장을 지어,
공작을 비롯해 금계, 은계, 백한, 한국 꿩, 호로조, 오골계….
볼거리와 느낄 거리가 참 많습니다.

요즘엔 부화기를 장만하여 알을 직접 집에서 부화시켜
방금 알에서 깬 노오란 병아리 떼가 앙증맞게 커가고 있더군요.

그 병아리를 너무 갖고 싶어서
곁에서 못내 떠나지 못하는 아들을
달래서 돌아오는 길.

초등학교 앞에서 파는 병아리 생각이 났습니다.
그 병아리는 성장이 어렵다고 판단되거나,
병아리 감별사에게 수놈인 것이 들켜서
알을 생산하지 못한다는 이유 하나로
초등학교 교정까지 밀려온 것이지요.

아이들이 자연과 대상을 사랑하는 마음으로
병아리를 사는 것은 좋은데,
이들 병아리는 대부분 며칠을 넘기지 못하고 죽습니다.
(병아리는 보온이 참 중요합니다.)
죽는 병아리도 안타깝지만
그로 인하여 상처받은 아이들의 동심은
어떤 것으로도 보상할 길이 없다는 생각이 들었습니다.

1986년 1월 미국에서 챌린저호를 쏘아 올릴 때의 일입니다.
7명의 승무원 중에 교사도 한 명 포함되었었지요.
미국의 자존심을 세우고
미래비전을 홍보하기 위해,
수업 시간에 TV를 통해 발사를 실시간으로 보는 학교가 많았는데,
불행히도 발사 73초 후에 공중폭발로 승무원 전원이 사망하게
됩니다.

미국 사회는 우주에 대한 도전이 미뤄지는 현상보다도
순수한 아이들에게 마음의 상처를 주었다는 이유 때문에
큰 충격에 빠졌고,
막대한 예산을 들여 아이들 마음의 상처를 치유하는 프로그램을
만들어
운영한 사례가 있습니다.

1인당 국민소득이 높다고 해서 선진국이라 분류하지 않습니다.
국민 의식 수준이 선진화될 때 진정 선진국의 모습이 아닐는지요.

요즘도 가끔 초등학교 앞 문방구에 들를 때가 있습니다.
아이들의 호기심을 자극하는 허접한 뽑기와
100원이면 해결되는 각종 불량식품들….
옛날 초등학교 다닐 때의 구멍가게 모습과

국민소득 2만 불을 이야기하는 요즘 학교 앞 문방구가
크게 다를 게 없다는 것이 참 가슴 아팠습니다.

나이가 들어가고, 어른이 되어간다는 것과
월급이 높아지고, 지위가 올라간다는 것은
그만큼 책임의 깊이와 무게가 더해진다는 의미일 텐데요.

노란 병아리색만큼 산뜻한 계절입니다.
늘 즐거움으로 멋스런 생활을 영위하시기를….

취함에 대하여

잘 차려놓은 맛깔스런 봄의 향연이
세월을 뒤로하고 하나둘 곁을 떠나갑니다.
시간보다 앞서 가는 세월의 의미를
철 지난 봄꽃의 뒤안길에서 새겨봅니다.

옛날 사람들은 장에 가면서
"어디 가나?"
"장에."
"그럼 장에서 대포 한잔하세."
장소와 시간을 따로 정하지 않아도
이들은 꼭 만나 대포 한잔으로 회포를 풀지요.

여기서 대포(大匏)란 바가지 '포(匏)' 자를 사용합니다.
따라서 '큰 바가지 술'이란 의미가 되지요.
술을 잘 마시는 사람을 호주(壺酒)라고 부를 때,
'호(壺)' 자는 항아리 '호' 자이고 보면
그 양을 짐작하고 남음이 있습니다.

한자에서도 '酒' 자는 술병 모양에서 술이 흘러내리는 모습이고,
술이 취했다는 '취(醉)' 자는 酉(술병모양)+卒의 합침입니다.
졸(卒)의 의미는 '마치다, 죽다'란 의미이고 보면,
술 마시고 죽음의 상태에 이른 것, 이것이 '취할 취' 자의 의미입
니다.

'깰 성' 자는 '醒' 이렇게 씁니다.
酉(닭 유)+星(별 성)이지요.

즉, 술 취하고 난 후 별이 보일 때
(속 쓰리고, 골 아프고 별이 막 보이지요)는
술 깰 때라는 것을 의미합니다.

옛사람들의 술을 즐기는 기주문화는 대단해서
말술을 마셔야 대장부인지 알았고,
석 달 열흘은 취해봐야 문학에 발끝이라도 담그는지 알았습니다.

취한다는 표현은 꼭 술에만 국한된 것이 아니지요.
난만한 봄볕에 취할 수도 있고,
어슴푸레한 달빛의 교교함에 취할 수도 있고,
여인내의 농익은 향기에 취할 수도 있고,
인생의 멋스러움에 취할 수도 있는 것이고 보면
취하는 것도 참 중요한 것이란 생각이 들었습니다.

가는 봄을 가거라 두고
삶의 여유로움에 취해 보는 것은 어떤는지요.

제2장
뛰지 못하는 벼룩

::::::::::::::::::::::::::

카지노 이론

인생에 봄날이 지속된다면 얼마나 좋을까요?
삶도 어쩌면 그 유한성 때문에
더 가치로울 수 있다는 생각을 합니다.

아직도 봄이 가시지 않은 뜰에 서서 민들레의 노오란 꽃잎과
붉음으로 만개한 철쭉의 자태에서 가는 봄의 끝자락을 느낍니다.

벌써 한낮엔 이마에 송글송글 한 땀이 맺힙니다.
얼마 지나지 아니하여 오뉴월 수국새 소리에 아카시아 향 물씬 풍기고,
붉은 장미 만발한 그런 계절이 도래하겠지요.

엊그제 TV에서 카지노에 대한 심층취재 프로를 잠깐 보았습니다.
카지노에서 돈을 따는 방법은 아예 카지노에 가지 않는 것입니다.
카지노장에 없는 것은 시계와 창문입니다.
시간을 지각하지 못하게 하는 꼼수가 숨어 있지요.

잃는 돈은 소리 없이 들어가도
따는 돈은 비이상적으로 소리를 키워 기대치를 맘껏 부풀립니다.
카지노에선 언제 대박이 터질지 아무도 모릅니다.
그것을 심리학에서는 변동비율강화라고 하지요.
학습에 적용하면 동기유발에 가장 효과적인 방법입니다.

카지노 이론엔 이런 것도 있습니다.
입구에서 멀수록 큰돈을 걸 수 있는 게임이 설치되어 있고
입구 쪽에는 동전을 넣고 하는 게임이 설치되어 있어,

큰돈을 싸들고 안으로 들어가 잃으며 나오면서
문 앞에서 동전까지 톡톡 털어서 내보낸다는….

요행을 바라는 것은 사람의 보통 심리일까요?
세상이 온통 대박의 꿈에 부풀어,
노력하는 사람보다 운이 좋은 사람이 잘사는 세상이 된다면,
세상이 얼마나 어지러울까요?

백설을 사랑한 일곱 난쟁이가 있다면
백설공주는 뒤늦게 나타난 아무 노력도 하지 않은
왕자랑 결혼할 것이 아니라,
진정 아끼고 사랑하고 노력해온 난쟁이와 결혼하는 것이
이치상 맞는 것이 아닐는지요?

우리 어린이들이 읽는 동화엔
참으로 위험천만한 요행수의 장치가 곳곳에 숨겨져 있는 것 같아
참 안타깝습니다.

왕자 또는 공주랑 결혼해야 행복할 수 있다는 논리는
상대방에 대한 높은 기대치와 환상을 갖게 하기에 충분합니다.
사람 사이의 생활도 상대방에 대한 배려와 베풂보다
좀 더 많이 챙기려는 얄팍함이
자신의 삶을 불행으로 몰아가는지 모릅니다.

사랑이란 열 개를 주고 열 개를 받는 것이 아니라,
열 개를 주고 한 개를 받는 것이 아니라,
열 개를 주고도 더 주지 못해서 안타까운 마음이라는 것!

오늘도 마르지 않는 사랑의 옹달샘으로
주변을 촉촉이 적시는 하루가 되시기를….

자연 앞에서

오월의 햇살이 제법 따갑네요.
철원은 추운 지방임에도
성급한 농민은 벌써 모내기를 끝냈습니다.

논은 벼가 심겨져야 활기있고 멋스럽게 느껴집니다.
또한, 물이 그득 담긴 논에선 개구리 합창이
밤에 길을 걸을 땐 요란하게
불 끄고 잠자리에 들면 아련하게 들려옵니다.

손에 흙을 묻히지 않아도
눈만 뜨면 보이는 전원의 풍경은
마음을 순화하고도 남음이 있습니다.

숨 막히는 빌딩 사이에서의 분주함보다
고즈넉한 여유와
맑은 바람,
뼛속까지 시원한 시냇물 소리,
푸르름으로 지천인 산과 들,
살아있음으로 생기 넘치는 자연과 함께할 수 있다는 것이
얼마나 큰 행복인지 모릅니다.

아일랜드 사람들은
"잔디가 자라는 소리까지 들으려고 한다."는 표현을 즐겨 사용합
니다.
호기심이 많아 주변의 일을 놓치지 않으려는 사람을 의미하는 말
이지요.

가끔은
자연 앞에서
모든 일을 멈추고
귀 기울이고
깊은 관찰을 하는 시간을 가져야 합니다.

우리가 이런 마음으로 아이들을 바라볼 때
또한, 아이들이 이런 마음을 느낄 수 있다면
올바르게 성장하는데 밑거름이 되지 않을까요?

자연은
섭리이고 질서이며
내재된 삶의 철학이니까요.

안경을 맞추며

봄에 걸맞지 않게 태양이 이글거리던 날.
귀찮다는 이유 하나만으로 안경을 벗어 던지고 살았는데,
보이지 않는 불편함에 새로이 안경을 맞추러 갔습니다.

시력을 재는 것이
요즘은 너무 간단하더군요.
시력을 재고 난 후 안경사 왈~,
이제 노안이라 다초점 렌즈를 끼셔야 하는데….

엊그제는 한참을 재미있게 보고 있던 음악프로가
'가요 무대'인 것을 알고 충격을 받았었는데, 오늘은 노안이라
니….

흐르는 세월을 감당할 수 없다는 것은 아는데,
그 지나간 세월 속에서 인정해야 할 것은
인정해야 한다는 것도 알고는 있는데,
그 사실이 믿겨지지 않을 때
아직도 덜 다듬어진 자신을 느낍니다.

세월 속에서 저절로 익은 과일이
비닐 속에서 인공으로 생산한 과일보다
맛이나 향이 비교할 수 없이 좋은 것처럼
세월을 따라 스스로 익어가는 모습으로 살아야 하는데….

좀 더 생각하고,
좀 더 배려하고,

좀 더 양보하고,
좀 더 사랑하는 삶으로 다가가야 하는데,
지나온 세월을 반추해보면 참으로 안타까운 것들이 많네요.

사람의 오감 중에서 시각으로 얻어지는 것이 87%를 넘는다고 합
니다.
안경이라는 문명의 이기로 좀 더 밝아진 시력만큼이나,
모든 것을 대하는 혜안도 깊어졌으면 하는 바램으로
메일을 접습니다.

세월 앞에 장사 없습니다.

작은 친절이 인생을 바꿉니다

5월의 향기가 주변에 물씬합니다.
담장을 기웃거리는 빨간 장미의 모습이 그렇고,
온통 하얀 향기로 다가온 아카시아가 그렇고,
산야에 저절로 피어난 이름 모를 야생초의 고움이 그렇습니다.

푸릇한 들엔 농부들의 마음이 부풀고
물이 그득한 논엔 갓 심겨진 벼들의 일렁임이 멋스럽습니다.

두되들이 누런 양은주전자를 들고
돌각다리 가시덤불을 헤치며 따던 붉은 산딸기와
주전자에 코 박고 맡던 그 시금털털한
고향의 냄새를 잊을 수가 없습니다.

오늘은 감동이 있는 일화 하나를 소개합니다.

지방 호텔의 매니저로 일하는 '조지 볼트'라는 사람이 있었습니다.
어느 폭풍우가 치는 날
남루한 차림의 노부부가 예약 없이 호텔을 찾아왔습니다.
마침 이 동네에 행사가 있어 이 호텔뿐 아니라
호텔 대부분이 다 차있는 상태였지요.

방은 없지, 날씨는 궂지, 차림은 남루하지….
보통 사람 같으면 다른 곳을 알아보라고 했을 테지만,
이 매니저는 "제 방이 누추하긴 한데 괜찮으시다면 사용해도 좋습니다."라고 자기 방을 제공합니다.

다음 날 아침, 이 노부부는 체크아웃을 하면서
감사의 말씀을 전했지요.
"참 훌륭한 젊은이네요. 정말 많은 신세를 졌습니다.
제가 당신을 위해 세계 최고의 호텔을 지어드리지요."
조지 볼트는 참 희한한 노인들도 다 있다고 생각하고 그 일을 잊
었지요.

2년이 지난 어느 날
조지 볼트는 당신을 위해 호텔을 지어놨으니
뉴욕으로 와 달라는 편지를 받습니다.
비행기 표와 함께….
그것이 지금의 뉴욕 중심가에 있는 궁전 같은 호텔
'월도프 아스토리아'랍니다.
그리고 조지 볼트는 초대 사장이 되었지요.

작은 친절이 인생을 바꿉니다.

행복하기

푸른 5월은 계절의 여왕답게 코끝에 아련한 향기와
표현해내기 힘든 갖가지 색으로
온 산과 들에 파란 물감을 풀어놓은 듯하고,

뽕나무 가지 끝에 매달린 오디가 햇살을 받아 빨갛게 익어갑니다.
화려했던 봄의 절정을 뽐내고
이젠 까만 열매로 옷매무새를 가다듬은 벗나무도
한창 5월을 노래하고 있습니다.

바깥 활동하기에 좋은 계절입니다.
5월은 각종 가정을 위한 기념일도 있고,
학교마다 단기방학도 있어
세상 바깥을 체험하고 느끼기에 참 좋은 계절이지요.

요즘 행복에 대한 생각을 합니다.
행복은 이미 만들어져 있어 슈퍼마켓에서 구입할 수 있는 것도
아니고,
남에게 꾸어올 수 있는 것도 아닙니다.
오로지 행복은 자기주관적인 것이며
개인의 삶에 내재되어 있기 때문에,
스스로 느끼고 표출하지 않으면 도달할 수 없는 대상입니다.

이른 아침 풀잎마다 맺혀있는 영롱한 이슬을 보고
오늘은 존재하는 기쁨으로 행복을 느낄 수도 있고,
재잘대는 아이들의 웃음 속에서도 행복을 느낄 수 있고,
화분에서 화초들의 생명의 아우성을 들을 때도,

길을 걸으며 이름 모를 들풀을 만날 때도 행복을 느낄 수 있습니다.
이렇듯 우리가 찾고자 하는 행복은 도처에 널려 있습니다.

의도적으로라도 하루에 한 가지씩 행복의 조건을 찾아
'나는 참 행복한 사람이다'라고 생각해보세요.
그럼 행복의 조건이 나날이 늘어
불행할 틈이 없이 참 행복한 삶을 살 수 있지 않을까요?

2년 전 강원민방에 '행복릴레이'라는 프로그램이 있었습니다.
강원도지사로부터 시작해서
주변에서 가장 행복해 보이는 사람을 추천하고,
방송 출연 이후 다른 행복한 사람을 추천하는 형식으로
1주일에 한 사람씩 행복릴레이가 진행되는 프로인데요.
제가 13번째 주자였답니다.

그 방송을 가끔 들었는데,
정말 행복해 보이는 사람들이 나와서 하는 주된 이야기는
자기의 욕심을 차리는 데 있지 않고,
많이 가지려고 애쓰는 데 있지 않고,
주변과 함께 조화를 이루며
봉사와 헌신으로 삶을 영위하는 사람이 참 많았다는 사실.
어쩌면 힘든 이면에
내면으로 흐르는 행복을 만끽할 수 있다는 것을 보았습니다.

여러분은 지금 행복하세요?
행복을 유보하지 마세요.
행복한 시간을 저축하고 아끼려 하지 마세요.
지금 좋은 생각으로 마음껏 행복하세요.
삶이 즐거워진답니다.

저는 지금 메일을 쓸 수 있는 시간이 주어진 것에 행복하고
또한, 제 메일을 읽어주시는 분들이 있어 행복합니다.
그리고 간간이 주시는 답신을 보면서 또한 행복에 겨워합니다.
여러분도 항상 행복하시기를….

욕망의 자유와 욕망으로부터의 자유

햇살이 좋은 일요일
오랜만에 가족과 함께 계곡으로
들놀이를 나갔습니다.

나무들의 깊은 성장이 주는 시원한 그늘에 돗자리를 깔고,
산간 계곡의 깨끗한 물에 발을 담그고,
새소리, 물소리, 바람 소리에 시간 가는지 몰랐습니다.

계곡 물속에 잠시 놓아둔 어항엔
피라미, 버들치, 갈겨니 등이 그득 들어
순수 자연에서 얻은 소득으로
담백하게 매운탕을 끓여
곁들인 소주 한잔에 참 행복했습니다.

세상은 두 가지 부류로 분류할 수 있습니다.
욕망의 자유를 누리려는 사람과
욕망으로부터의 자유를 갈구하는 사람이지요.

많은 사람들이 욕망의 자유를 갈망하여
더 가지지 못함을 한탄하고
남보다 앞서 가지 못함을 불행해 합니다.

하지만 욕망으로부터의 자유를 얻고자 하면
세상의 많은 것들이 여유롭게 다가오고,
가진 것에 초연한 삶의 멋스러움을 행복으로 느낄 수 있지요.

장자가 일갈한 소요유의 경지가 그것이랍니다.
逍遙遊(마음 내키는 대로 슬슬 거닐며 다닌다는 뜻으로
아무것에도 구속받지 않고 이리저리 자유롭게 노닌다는 의미)

오늘 하루도
욕망의 자유와 욕망으로부터의 자유 중에서
어느 쪽에 존재했었는가를 스스로 반성해봅니다.

놓아둠으로써 가득 찬 기쁨을 누리시기를….

밭에 뿌린 계분향 짙은 내를 맡으며….

* 계분향 = 닭똥냄새

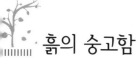

흙의 숭고함

담장을 기웃거리는 넝쿨장미 너머로 유월이 다가옵니다.
요즘 텃밭 가꾸는 재미에 푹 빠져 삽니다.

우리들이 미처 인식하지 못하는 사이에
더디게만 느껴졌던 식물들의 성장이 얼마나 빠른지요.

세평 남짓한 땅에 심은 푸성귀인데도,
그 밭에서 나는 수확을 식탁에서 다 소화해낼 수 없다는 것이
참으로 놀랍습니다.

비록 시장에서 산 채소보다
크기는 작고 벌레 먹은 구멍이 숭숭하고
먹음직스러워 보이지는 않지만,
그 부드러움과 깨끗함과 신선함은
무엇과 비교할 수 없답니다.

푹 삶은 돼지고기를 송송 썰어 얹고
냉장고에서 갓 꺼낸 차가운 참치를 곁들여,
매콤한 고추장 듬뿍 넣어 먹는 쌈은
식탁의 풍성함을 넘어 큰 행복입니다.

씨를 뿌린 것이 어제런 듯한데,
이렇게 많은 것으로 돌려주는 땅의 숭고한 의미를
작은 베풂에 큰 보답으로 돌려주는 흙의 진정성을 깨닫습니다.

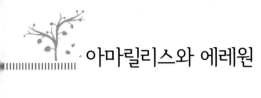

아마릴리스와 에레원

한 달 전에 성남 모란시장에서
양파처럼 생긴 아마릴리스 두 뿌리를 샀습니다.
(둥근 뿌리 식물을 구근류라고 한답니다.)

퇴비를 잘 섞어서 화분에 1/4쯤 나오게 심어놓고
수시로 물을 주었더니,
한 달이 지난 지금 화려한 꽃대가 60센티가량 자랐습니다.

매일 2센티가량 성장한 것이지요.
로적성해(露積成海)라는 성어가 생각나더군요.
"이슬이 쌓여 바다를 이룬다."
모르는 가운데 조금씩 조금씩 성장을 이룬 것이
큰 울림으로 다가와 있는 것은 감동입니다.

아마릴리스의 꽃은 너무 커서 마치 플라워 레코드 같은 느낌이
든답니다.
참소리 박물관에서 보던 그 확성기와 비슷합니다.
꽃이 제대로 피면
하얀 백지 위에 관념으로만 쓰던 편지에
예쁘게 피어난 꽃 사진을 첨부해 드리도록 하지요.

그 큰 꽃을 가만히 들여다보고 있노라면
이상향이 따로 없다는 생각을 합니다.
이상향을 나타내는 단어는 참 많답니다.
유토피아, 서방정토, 극락, 엘도라도, 화서지몽, 무릉도원, 캄파
넬라,

도원경, 파라다이스, 샹그릴라, 에덴, 청학동, 율도국….
그런데 에레원(Erehwon)이라는 멋진 단어도 있답니다.
이 단어를 거꾸로 뒤집으면 No Where가 되지요.
즉, '어디에도 없다'는 의미가 된답니다.

그러나
띄어쓰기를 다시 하면
Now here가 됩니다.
즉, '바로 여기'가 되는 셈이지요.
스스로 인지하는 사람에게만 의미 있는 것일 테지만,
지금 내가 있는 곳이 바로 낙원임을,
그리고 존재 자체가 큰 행복임을
같이 인지하는 시간이 되었으면 합니다.

비 온 뒤 청량한 하늘을 마시며….

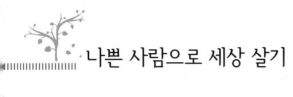

나쁜 사람으로 세상 살기

붉은 장미의 설레임으로 시작된 유월이 벌써 중순을 넘어갑니다.
하루가 다르게 치솟는 물가만큼이나
수은주의 높이도 높아져,
이젠 그늘이 주는 은혜로움이 감사함으로 다가오는 계절이 되었
습니다.

어제 지인을 만나 쓴 소주를 기울이면서
세상 이야기를 안주 삼아 밤 이슥토록 주(酒)님을 모시고 있었습
니다.
평소에 잘 알고 지내던 선배 교사가 췌장암 말기란 진단을 받고,
3개월 시한부가 되었다는 이야기를 접했습니다.
참으로 선하게 세상을 살고
솔직한 너털웃음과 담백한 성격에 너무 좋은 사람이었는데….

몇 년 전에는
참 친했던 지인 한 분이
공무원 신체검사에서 갑자기 간암으로 판정받고
5개월여 만에 세상을 등진 일이 있었습니다.
술 담배를 모르고
학교와 교회를 오가며 봉사도 많이 하고
세상을 참 착하게 살아오신 분인데,
왜 그런 분들에게 이런 몹쓸 일들이 벌어지는 것인지.
하느님이 참 공평하지 않다는 생각을 했습니다.

뒤집어 생각하면 사람 좋다는 평가 이면에는
표현을 자제하고, 속으로 인내하는 과정 속에서의

세월이 주는 스트레스가 컸는지도 모릅니다.

가끔은
자신을 표출하고 싶을 때 과감하게 표출하고,
화가 날 때 화낼 수 있으며
적당히 나쁜 사람으로 사는 것이 건강에 이로운 것인지.

질병의 고통보다도
삶을 마감할 시점을 이미 알아버린 충격에서
너무나 힘들어하실 선배님께
어떤 것으로도 도움을 드릴 수 없음은 또 다른 허탈입니다.
부디 힘내시기를….

적우심주

뜨거운 유월입니다.
여름엔 녹음이 물밀 듯하여 눈만 들어도
성장으로 분주한 모습과
열매를 튼실하게 익히려는 몸짓들이 보입니다.

마치 동물들이 1년의 절반을 번식을 위한
공을 들이는 것처럼.

길가에 아무렇게나 피어났다고 생각한 꽃들도
진정으로 다가가지 않으면 진실을 볼 수 없습니다.
작지만 오랫동안 공을 들여 피어난 꽃이기에
들여다보는 것도 오랜 공을 들여야 제대로 보입니다.
마치 처음 친구를 사귈 때처럼요.

요즘 구활이란 시인의 『고향집 앞에서』란 책을 읽고 있습니다.
자연의 일상을 단아한 필체로 엮어내고 있는데
그 필력이 참 놀랍습니다.

책의 일부분을 싣습니다.

새소리가 숲을 키운다.
옛날에는 나무와 풀꽃들이 저절로 자라 숲을 이루는 줄로만 알았다.
그런데 그게 아니었다.
세상을 배우고 나니 숲은 가꾸는 이의 손길보다는
하늘에 순응하는 자정능력으로 스스로 건강을 유지한다는 것을 알았다.
봄이 되면 벗은 몸으로 겨울을 인내하던 나무들이

일제히 새순을 피운다.

다시 겨울이 오면 나무들은 지난해에 그랬던 것처럼

무성한 잎새들을 떨궈내고

알몸으로 의연히 매운바람 앞에 선다.

그래서 저마다 동그라미 하나 나이테를 그린다.

가지치기를 하지 못한 숲은 주거 공간을 넓히기 위해

스스로 산불을 일으키고

나뭇잎을 떨어뜨려 거름이 되게 한다.

                                        -『略』

정약용 선생의 글로 메일을 마무리합니다.

"햇빛이 있을 때 해야 할 일을 비 올 때까지 미루지 말고,
비 올 때 해야 할 일을 햇빛이 날 때 하겠다고 미루지 말라.
나라의 공복으로 살아온 아비는
가난하여 너희들에게 물려줄 재산은 없고,
다만, 근(勤)과 검(儉)이라는 두 글자를 유산으로 물려주노라."

적우심주(積羽沈舟)란 말씀이 있습니다.
"깃털이라도 많이 실으면 배가 가라앉는다."라는 말씀이지요.
작은 것 하나라도 소홀하지 않는 그 모습 속에서
지위가 높을 수록 겸손을 알고, 부유하게 될수록 검약을 아는
그 멋스러움을 그리워합니다.

아침에 그렇게 건강했던 형수가 입원했다는 소식을 듣고
적잖이 놀랐습니다.
건강은 건강할 때 지켜야 한다는 진리를 관념으로만 갖고 있지
않기를 바라는 마음으로 메일을 접습니다.

매실 따던 날

따스한 햇살이 고맙던 시절이 어제런 듯한데
이제 그늘을 찾아다니는 염천의 계절이 되었습니다.

나무는 자신을 위하여 그늘을 만들지 않습니다.
어미 닭이 병아리 떼를 품어내듯이
아름드리나무는 넓은 그늘로 많은 것을 품어냅니다.
살아가면서 마음 너르게 살아야 함을
성장을 이룬 나무그늘 아래서 생각합니다.

지난 일요일엔 매실을 수확했습니다.
파~란 자연의 색으로 햇살을 가득 담고 실하게 익은 매실을
자리를 깔고 털어
소쿠리에 담아놓으니 얼마나 풍성한지
부자가 따로 없다는 생각을 했습니다.

이른 봄에 매서운 바람을 이기고
제일 먼저 꽃을 피워낸 매화는
자연을 잉태하여 이렇게 튼실한 열매로 다가와
큰 기쁨을 주었습니다.

'동천년노항장곡 매일생한불매향
(桐千年老恒藏曲 梅一生寒不賣香)'
오동나무는 천 년을 묵어도 제 곡조를 간직하고
매화는 일생 동안 추위와 고통 속에서도 향기를 팔지 않습니다.
옛 선인들은 사군자라고 하여
일 년의 시작인 봄에 군자의 기품을 닮은 것으로

매화 꼽기를 주저하지 않았습니다.
그것이 세상에 아부하지 않고 스스로의 품위를 굳게 간직하고,
모진 눈보라를 견디고 화사한 꽃을 피워올린
외유내강의 깊이를 높이 산 이유가 아닐는지요.

매실은 시금털털하여 생으로 먹을 수는 없지만
설탕을 1:1로 섞어 항아리에 오래 두고 발효시키면
맛도 좋고 건강에 좋은 음식이 됩니다.

또한, 오래 놓아두면 썩어가는 과정은 흡사한데,
어떤 것은 부패하여 악취가 진동하는가 하면
어떤 것은 발효하여 향기로운 냄새를 풍깁니다.
같은 물을 먹고도 독사는 독을 만들지만
벌은 꿀을 만드는 이치와 흡사한 것이지요.

매실은 다음과 같은 효능이 있습니다.
피로회복, 체질 개선, 간 기능 개선, 해독작용
위장강화, 피부미용, 해열 등등.

의사의 허락하에 먹는 약은 부작용이 있을 수 있지만
자연의 품에서 안전하게 익어간 건강식은
봄부터 여름을 인내한 햇살을 자연 상태로 섭취한다는 느낌.

유월 염천 아래서 쉴을 바라보는 나이에
어린아이처럼 나무 타던 날에….

장마

장마의 시작입니다.
마른하늘에 갑자기 비가 후드득하고
간간이 부른 바람에도 습한 기운이 느껴집니다.

초등학교 다닐 때 장대비가 올라치면
선생님께선 집이 먼 학생을 먼저 집으로 보냈습니다.

갑자기 불어난 물에 길이 끊겨
길도 없는 산등성이를
칡뿌리에 걸리고, 가시나무에 할퀴며 겨우 집 앞까지 갔는데,
불어난 계곡물에 건널 엄두도 못 내고
너럭바위에 올라
장한 흙탕물만 바라보며 발만 동동 굴렀던 기억이 있습니다.

비닐우산은 찢어져 온몸이 비에 젖은 상태에서
계곡물의 찬 기운이 온몸을 할퀴어
한여름에도 오들오들 떨며 불어난 물을 보고 있노라면,
물이 흘러가는지 내가 흘러가는지
어지럼증이 나곤 했습니다.

목청껏 부르는 외침은
소나기 소리와 흙탕물 흐름소리에 잠기고,
혹시나 걱정스러워 나와 본 아버지의 모습이
얼마나 감격스럽던지요.
건너편 뽕나무에
소 줄을 풀어 단단히 매고

외줄에 의지하여 건너는 개울은
이미 가재 잡고 물장구치던 우리의 놀이터가 아니었습니다.
어쩌면 소년은 이때부터
자연에 대한 경외심을 가졌는지 모릅니다.

세상이 참 좋아졌습니다.
마을 앞에는 튼실한 다리가 높여졌고,
다리품을 파는 것보다 쉽고 빠른 자동차 문화가 발달했으며,
산을 깎고 강을 메우는 것도 어렵지 않아
사람들은 자연을 정복할 수 있다는 승리감에
도취하는 세상이 되었습니다.

하지만
추위에 떨던 몸을
비 젖어 무럭무럭 훈김 나는 아버지 등에 업혀 포근함으로 느끼던
정감 어린 따뜻함을 잃었고,
자연의 힘을 의심하지 않으며 동화된 삶을 살았던 소박함을 잃어
그 결과의 참담함을 재앙으로 받아들여야 할지도 모르는
현실을 맞게 되었습니다.

이제 장마의 시작입니다.
지루한 장마를 슬기롭게 극복하시기를….

싱그런 유월

싱그런 유월입니다.
세월이 흐른 흔적이 주변에 널려 있습니다.
앵두는 너무 늦어 이제 찾아보기 힘들고
살구는 노랗게 익어 제철 냄새를 냅니다.

산등성이엔 듬성듬성 밤꽃이 하얗게 피었고,
오이랑 참외, 풋고추가 텃밭에서 실하게 익어가고,
너른 논에는 푸릇한 벼가 검푸른 모습으로 넘실댑니다.

화천에서 보리수 열매를 수확하였습니다.
흔히 보리수를 고행 끝에 도를 득한 성스런 나무로 생각하지만,
흔히 심은 보리수는 뜰 보리수라고 불려지고
부처님의 득도와는 아무런 상관이 없는 나무랍니다.
(득도와 관련 있는 나무는 높이 30여 미터에 이르는 인도산 보오
나무라고 합니다.)

열매가 얼마나 많이 열렸는지,
가지가 부러질 정도로 척척 휘어진 나무에서
빨간 열매를 따서 소쿠리에 담아놓으니,
그 선홍색 속에 담긴 햇살이 풍성함으로 다가와
유월 한낮의 즐거움을 선사하였습니다.

30도짜리 3.5리터 소주를 사서
햇살을 흘릴세라 조심스럽게 병에 넣고
뚜껑을 실하게 닫아 베란다에 놓으니 정갈한 모습이 보기 좋습니다.
집을 방문할 또 하나의 핑곗거리를 만든 셈이지요.

잘 차려진 음식을 먹고 나면
포만감으로 준비한 정성에 대한 감사의 마음이 들게 되지요.
지금 주변을 보세요.
자연이 장만한 잘 차려진 멋스런 풍경들이 주변에 널려 있습니다.

이 자연을 벗 삼아
포덕취의(飽德醉義)하는 삶을 영위하시기를….

어디를 보아도 참 좋은 유월에.

*포덕취의(飽德醉義): 덕에 배부르고 의로움에 취해 사는 것

푸르름 닮기

상송상청(霜松常靑)이란 말씀이 있습니다.
"서리 내린 후의 소나무가
더욱 푸르러 보인다."는 말씀이지요.
어쩌면 요즘처럼 녹음이 방초를 이룬 여름에
더 알맞은 말인지 모르겠습니다.
때가 되어 이미 이루어진 상태의 지각보다는
앞을 내다보는 식견이 더 가치롭기 때문이지요.

세상의 발전 추이가 너무 빨라 어지럼증이 납니다.
물질문명과 변화의 화두를 받아들고 나면,
나이 듦이라는 것이 참으로 불편하다는 것을
점점 더 강도 높게 느끼게 되지요.

변화만이 진정한 진리인 것 같은 세상에서
어진 산을 닮고(仁山), 굳센 돌을 닮아(如石)
늘 변치 않는 모습도 큰 덕목의 하나라고 외치고 싶은 마음이 듭
니다.

세상을 영악하게 살아내지 않아도
느린 듯하고, 바보스러운 듯하고, 어눌한 듯하고,
자기 몫을 챙기는 데 재주가 없어 보이는 듯해도
언제 만나도 좋은
추억 속의 고향 친구 같은
맛이 없고 덤덤하지만, 한결같은 수 있는
상청(常靑)을 감히 꿈꾸어봅니다.
푸르름은 하늘을 닮아있습니다.

푸르름을 닮은 사람에게는 하늘 냄새가 납니다.

현자의 모습으로 세상을 사는 것도 좋지만,
군이 누가 알아주기를 바라지 않는 동양화의 여백 같은 삶도
상족할 수 있는 멋이 있음을….

진청(眞靑)이 못돼도 사청(似靑)이라도 되고 싶은 날에….

연을 기르면서

천 년 고찰의 경내를 거닐다가
대웅전 앞 연못에 핀 꽃을 보고,
참 곱네~ 한 뿌리 키웠으면 하고 중얼거린 것이 화근이 되어
엊그제 누이가 큰일을 냈습니다.
큰 항아리만 한 도자기에 연을 심어 보낸 것이지요.
집이 좀 여유가 있어 망정이지
화분을 둘러메고 살 뻔했습니다.

처음엔 앙증맞은 몇 개의 잎만 둥둥 떠 있었는데
자세히 보니 작은 잎이 뾰족이 얼굴을 내밉니다.
연은 물속에서 나와 수면에 다다르게 되는데,
크는 높이를 가늠할 수 없는 나무와는 달리
꼭 물 높이까지만 자라납니다.

스스로 넘침이나 모자람 없이 중용(中庸)의 도(道)를 지키고
우쭐함이나 비굴함 없이 존재 그대로의 처세를 보여줍니다.
그 의연함은 견줄 게 없지요.
자기 자신이 누릴 것만 누리는 무욕(無慾)의 경지를
자라나는 연잎을 보며 깨닫습니다.

연꽃은
홍련, 수련, 백련, 어리연, 왜개연, 가시연, 개연 등으로 구분합니다.
집에 들여놓은 연은 잎의 끝이 좀 트여진 수련에 해당되지요.
연이 두 그루 심겼는데
이년은 잘 자라는데 저년은 잘 안 자라고,
이년은 잎이 다섯 장인데 저년은 잎이 3장뿐이고,

연으로 인해 웃을 수 있는 일이 늘어나 좋습니다.

이 연꽃의 열매(蓮實)를 Lotus(로터스)라고 합니다.
엑셀이 세상에 등장하기 이전에 세상을 풍미했던
스프레드시트 제품명이지요.
연실에는 약간의 환각 물질이 들어 있다고 합니다.
따라서 "환상적이다."라는 의미를 내포하고 있지요.

어서 자라 고고한 연꽃의 자태를 선보여 줬으면 하는 바램입니다.

무한불성

장마라지만
마른하늘에 내리쬐는 폭염이 한낮을 힘들게 합니다.
가끔 저녁 시간에 짬을 내어
손바닥만 한 텃밭에 나가 풀 뽑기를 합니다.

식용작물의 더딘 성장에 비하여
잡초라는 놈이 얼마나 성장이 빠르고
끈질긴 생명력을 갖고 있는지 놀라울 따름입니다.

어찌 보면,
인간의 이로움의 잣대로 본 인식의 고정관념 때문에
더 그렇게 느껴지는지도 모릅니다.

아파트 30세대 정도가 같은 넓이의 땅을 일구는데
이들 밭을 순례하는 것도 또 다른 재미입니다.
밭마다 심겨진 작물이 다르고, 크기도 제각각이지만
어느 밭이나 공통적인 것이 하나 있습니다.
주인이 신경 써서 가꾼 밭과 그렇지 않은 밭의 차이가
참으로 크다는 사실이지요.

無汗不成(무한불성)이라는 말씀이 있습니다.
"땀 흘리지 않고는 이룰 수 없다."는 말씀이지요.

식물들도 이러할진대
사람을 육성하는 교육에 있어서
학생들을 소중하게 여기고,

정성으로 가르쳐야 하는 이유 있음을 생각합니다.

밭은 손바닥만 하지만 소출은 넉넉하여
밭에서 수확한 푸성귀를 식탁에서 다 소화해낼 수 없습니다.
무공해 농산물을 직접 길러,
봉지에 담아 이웃과 함께할 수 있다는 것도 큰 행복입니다.

모종한 영양상추가 보름이 지나니 먹을 만큼 실하게 자랐고,
붉은색 상추도 삼일이 멀다 하고 뜯어보지만
땅이 보이지 않도록 성장하였습니다.
고추도 손가락만 한 것이 어느새 주렁주렁 열려
보는 것만으로도 풍성함이 있습니다.

오늘은 잠시 밭에 나가
손에 잡히는 대로 한 움큼 뜯어다가
식탁의 풍성함과 미각의 멋스러움을 함께 누려볼까 합니다.

거리가 가까우면
저녁 식탁에 초대할 수 있을 텐데요.
철원이라는 지리적인 소원함이 마음마저 멀게 만드네요.
행복한 저녁 시간 보내시기를….

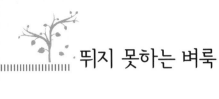

뛰지 못하는 벼룩

뜨거운 햇살 아래 7월이 익어갑니다.
어느새 청포도가 탐스럽고
털이 숭숭한 복숭아도 한껏 자라 제철 기분을 냅니다.

뜨락에 심어놓은 패랭이꽃은 화사함으로 시절을 알리고
봉숭아꽃은 손톱에 물들이기 좋은 크기로 피었습니다.
세월이 이들을 여물게 하는지
아니면 이들이 세월을 여물게 하는 건지,
종종 어김없이 흐르는 세월의 깊이를 주변으로부터 깨닫습니다.

언젠가 겨울에 적도 지방을 여행한 적이 있습니다.
열대는 항상 여름과 같은 무더위가 지속되는 곳이라
겨울은 의미가 없는지 알았습니다.

하지만 정원에 심어놓은 잘 가꾸어진 잔디가
노란색을 띠며 말라있었고,
앙코르톰의 스펑나무도 잎을 떨구고 앙상한 모습을 보여
비단 열대지방이라고 해서 겨울이 없는 것이 아님을
신선함으로 깨달은 적이 있습니다.

관념 속의 늘 그러하리란 것과
세상의 현실과 부딪혔을 때 느끼는 괴리가 크다는 생각을 합니다.

뛰지 못하는 벼룩이 있습니다.
메스실린더에 벼룩을 넣고 옆으로 뉘어 놓으면
처음엔 벼룩이 뛰기를 반복하다가

뛸 수 없다는 사실을 인지하고는 더 이상 뛰려고 하지 않습니다.
이 벼룩을 밖에 내어놓아도 더 이상 뛰지 못하는 벼룩이 되지요.

우리가 월드컵에 처음 출전한 것이 1954년이었습니다.
첫 게임이 헝가리였는데
안타깝게도 9:0의 쓰디쓴 패배를 당하고 맙니다.

그때 선수들이 놀란 것 중의 하나가
"상대편 선수는 공을 뒤로 찬다."라는 것이지요.
오버헤드 킥을 처음 보았기 때문이지요.

능력의 상한선을 그어놓고
안주하려는 삶은 더 이상 발전이 없을지도 모릅니다.
볼썽사납게 욕심으로 점철된 삶을 살아도 안 되지만
스스로 능력을 우리 안에 가둬놓고 살아갈 이유도 없는 것이지요.

우리는 얼마나 많은 고정관념을 갖고 있을까요?
창의력이라는 것이 고정관념에서 탈피하는 것에서
출발한다는 것의 의미심장함을 느낍니다.

오늘은 장마에 어울리게 장대비가 내렸습니다.
후드득거리는 빗소리가 자못 시원합니다.
장하게 내리는 비를 온몸으로 맞아보고 싶은 오후입니다.

'日新 日日新 又日新'
마음에 새로움의 촛불을 켜 두시기를….

한여름밤의 꿈

연분홍으로 온 산야에 다투어 피어
가슴 벅차던 봄꽃의 향연이 어제런 듯한데,
울어주는 매미 소리에 속절없이 여름이 깊어갑니다.

한여름엔 밤이 좋습니다.
나 어린 시절엔
장하던 햇빛이 사그라질 때쯤이면,
동네 어른들이 모여
마당 한켠에 멍석을 깔고
마르지 않은 쑥을 태워 매캐한 향으로 모기를 쫓으며
두런두런 이야기꽃을 피웠습니다.

또한, 하루 종일 샘에 담가 놓았던
수박이며 참외의
이가 시리도록 시원한 맛은 잊을 수가 없습니다.

멍석에 누워 본 하늘에
가끔 꼬리를 끌며 떨어지는 유성을
누이는 별똥이라 했고,
"산을 다섯 개 넘어가면 별똥을 주울 수 있는데,
맛이 무엇과 비교할 수 없을 정도로 좋다."라는 근거 없는 유혹에
언젠가 크면 반드시 별똥을 주워 그 희한한 맛의 정체를
꼭 알아보리라 벼르다가
영롱한 별빛 아래 어머니의 무릎을 베고 잠이 들곤 했습니다.
어떤 대상을 먹을 것과 연관시켜 사고한다는 것은
그만큼 배고팠던 시절이라는 반증이 아닐는지요.

가끔 그 어렵던 시절을 생각하면 명치끝이 아릿하게 아파옵니다.
세상이 참 좋아져 풍요를 구가하고 있지만
혹 불필요한 낭비는 없는지,
풍요 속의 빈곤을 느끼는 사람도 많을 텐데
그들에 대한 배려를 잊고 사는 것은 아닌지,
한여름 밤 베란다 앞 창가에 누워
별이 총총한 하늘을 보며 생각해봅니다.

요즘은 안타깝게도 주변이 너무 밝아 별빛을 보기가 힘듭니다.
늦은 시간 베란다에 기대어
검푸른 동녘 하늘에 그리움을 마시며.

고무신 회상

농경 사회에 주로 삶을 사셨던 아버지는
가을걷이 후의 볏짚만 있으면 못할 일이 없으셨습니다.
실한 볏단을 골라 끝을 가지런히 찧어서
지저분한 우수리를 제거하고 나면
새끼 꼬기 좋은 상태의 볏짚이 됩니다.

시골 우리 동네에서도
아버지는 새끼 꼬는 데는 단연 명장감이어서,
두 손에 볏짚을 끼고 비비기만 하면
놀라우리만큼 빠르고, 정교하고, 긴 새끼가 꼬아지곤 했습니다.

아버지는 그 새끼를 가지고
멍석을 만들기도 했고
삼태기, 다래끼, 가마니 등 생활에 필요한 것을
무엇이든 만들어 쓰셨습니다.

가끔은 짚신을 삼기도 했는데
만드는 것만 보았지 직접 신은 기억은 없습니다.

유년시절 가장 좋은 신은 검정고무신이었습니다.
금권선거가 판치던 시절에 국회의원 후보가
인심 좋게 내민 것도 검정고무신이고,
어쩌다 가위 소리를 내며 들른 엿장수의 기호품도
검정고무신이었습니다.
이 신의 용도는 너무나 다양해서 일일이 열거하기 어렵습니다.
봄이면 올챙이며, 피라미 새끼를 잡는 도구로 쓰이고

여름엔 뱃놀이며, 댐 놀이의 수문 역할을 훌륭히 했으며,
가을엔 코스모스 숲에서 벌을 잡아 빙빙 돌리다 땅에 패대기쳐
사망 직전의 벌꿀을 빼앗아 먹을 때의 용도는
무엇과 비교할 수 없이 좋은 것이었습니다.

겨울엔 다 떨어진 신발을 몰래 갖고 나가
불장난의 도구로 쓰기도 했습니다.
파란 불똥을 뚝뚝 떨기며 오랫동안 타는 고무신은
불장난 재료로는 최고의 인기였으니까요.

고무신은 물이 새지 않아 좋은 점도 있지만,
여름에 땀이라도 날라치면 쭐딱거려 신발이 뒤집어지기 일쑤이고,
좀 닳아 고무가 얇아지면 발바닥이 아파 힘들기도 했지요.

가끔 큰물이 나면
물을 건너다 신을 떠내려 보내곤
망연자실한 때가 있었습니다.
집에 돌아가 혼날 생각을 하면
맨발로 걷는 아픔은 아무것도 아니었지요.

요즘은 물자가 너무 흔해 탈입니다.
초등학교에 가면 모든 준비물을 학교에서 챙겨줍니다.
아이들 책상 위에 넘쳐나는 학용품.
몽당연필을 볼펜 뒤에 끼워 끝까지 쓰던 절약정신은
약에 쓰려 해도 없습니다.

가끔 교무실에 분실물이 도착합니다.
꽤 비싸게 보이는 물건들이 있는데도 아이들은 찾을 줄 모릅니다.
어른이 되어서도 부품이 망가진 가전제품을 수리해서 쓸 줄 모
르고,

통째로 바꿔야만 하는지 아는 소비일변도의 삶을 살고 있습니다.

절약하며 사는 것하고, 인색한 것은 분명 다른 개념일 것입니다.
아이들에게 근검절약하는 실천사례의 수기 한 편을 읽히기 힘든
요즘 입시제도에 함몰되어있는 교육이 원망스럽습니다.

며칠 전에 성남에 부모님을 뵈었을 때
서울 작은 형님이 파란색 고무신을 신고 출현했습니다.
왠지 궁상맞게 느껴짐 속에
아련한 추억 때문인지 멋스러워 보이기도 했습니다.

옛날은 돌아갈 수 없는 먼 곳에 아스라이 존재하고
추억의 뇌리 속에 차곡차곡 접혀있기에 더 소중한지 모릅니다.
지금도 옛날이 그립습니다.

얼굴에 책임지기

창밖을 보니 참으로 햇살이 장합니다.
때 이른 더위가 하루나기를 힘들게 합니다.
계절의 추이라지만 여름방학 전인데
올여름을 어떻게 나야 할지 걱정이 앞섭니다.

오늘은 생긴 것에 대한 이야기를 할까 합니다.
예로부터 의사들은 고칠 수 있는 것에만 병이라는 이름을 붙였습
니다.
옛날에 잠을 못 이루는 것은 병이 아니었는데
수면제를 개발하고 나서는 병으로 인식되었습니다.
뚱뚱한 것도 병으로 인식되지 않았지만
다이어트가 일반화된 요즘은 비만도 병으로 인식되고 있습니다.
앞으로는 못생긴 것도 질병으로 인식될 날이 올지도 모릅니다.

못한다와 안 한다의 차이는
못한다는 할 수 없는 것(不能)이고
안 한다는 할 수 있지만, 의지가 부족해서 하지 않는 것이지요
(不爲).
못생긴 것도 자신의 의지대로 되는 것이 아니기에
못~ 이라는 접두사가 붙어있는지 모릅니다.

세상이 생긴 것에 대한 관심이 너무 큽니다.
물론 잘 생긴 것은 참으로 감사함이지요.
하지만 어찌 보면
생김새 또한 인간의 인식의 틀 안에 있는 것이 아닐까요?
못생긴 나무가 산을 지킨다는 말씀도 있고

좋은 침대에 잔다고 좋은 꿈을 꾸는 것은 아닐 텐데 말입니다.

일전에 세계적인 테니스 선수 둘이 입국한 적이 있습니다.
하나는 모델 뺨치게 생긴 백인 선수였고요.
또 하나는 그리 잘생기지 못한 흑인 선수였지요.
가는 데마다 유명세를 떨치는 것은 같았지만
백인 선수는 높은 콧대만큼이나 싸가지없음으로 눈총을 받았지만,
흑인 선수는 마음으로 다가가는 진정성으로 높은 평가를 받았음을
그들이 돌아간 뒤에 느낄 수 있었습니다.

나이 40이 넘으면 얼굴에 책임을 져야 한다고 합니다.
남에게 악행을 저지르는 것을 업으로 40평생을 산 사람의 얼굴과,
온화함과 평화스러움으로 다가가기 위해 스스로 인내하고
삶을 가꾸어간 사람의 얼굴은 질적으로 많이 다를 수밖에 없음을
큰 울림으로 생각합니다.

텃밭을 일구듯 얼굴도 가꾸어가는 것입니다.
얼굴 한편에 마음의 심연으로부터 우러나는 평화스러움의 멋을
평생 간직하고픈 마음으로 메일을 접습니다.

아침이 주는 꿈

세월 탓인지 요즘은 누가 깨우지 않아도
이른 아침에 절로 눈이 떠집니다.
폭염으로 인해 달궈진 대지의 열기로 밤을 지새우기 힘든 요즘
이곳 철원은 열대야가 무엇인지 모르고 살 수 있어 좋습니다.
새벽엔 한기가 느껴질 정도로 시원하니까요.

어스름 새벽에 근처 약수터에 물 뜨러 가는 길
흙을 밟아보기 힘든 요즘에
고즈넉한 흙길을 걸을 수 있다는 것도 행복입니다.

길가에 한 자나 자란 벼 포기 사이로 부평초가 떠다니고
여리던 고구마는 어느덧 땅이 보이지 않게 자랐습니다.
옥수수도 어른 키만큼 자라 앙증맞은 수염을 업고 햇살 아래 익
어가고,
개구리 떼들은 계절에 겨워 소리로 존재를 노래합니다.

풀섶엔 이파리 끝마다 대롱대롱 이슬이 매달려
아침의 청량함을 더해줍니다.
싸리나무도 진분홍 꽃을 피워 올렸고
겨울을 인내한 인동초도 하얀 꽃을 이었습니다.

사람들은 이 골짜기를 '망나니골'이라 불렀습니다.
'명성산' 일명 '울음산'아래 존재하는 망나니골은
옛 부귀와 권세의 덧없음을 침묵으로 이야기하고 있습니다.
(명성산은 궁예가 왕건에게 패하고 난 후
산에 올라 회한의 눈물을 흘렸다는데서 유래합니다.)

명예나 권력이 많아질수록 적도 많아지게 됩니다.
권력의 중심부에 있을수록 비명횡사할 가능성이 높은 것도 사실
입니다.
궁예가 철원에 도읍하지 않았다면 이 망나니골이란 이름도 존재
하지 않았겠지요.

조선 왕 중에 가장 불행한 왕은 아마도 철종일 것입니다.
강화도령이라는 별칭을 가진 이 왕은
강화도에서 나고 자라 농사짓고 고기 잡으며 일개 촌부로 살았습
니다.

그런데 헌종이 후사가 없이 죽자 족보를 거슬러 올라가
가장 다루기 쉬운 촌놈을 왕위에 앉혀 놓은 것이지요.
거친 밥 먹기도 힘든 생활을 하던 촌사람이
하루아침에 용상에 앉아 산해진미에 기름진 음식을 먹으니
배탈이 안 날 수 없지요.
재위기간 동안 설사에 시달리다가 33세의 나이로
조기에 생을 마감하게 됩니다.

강화도에 그냥 살았다면 물고기와 벗하고,
고라니와 짝하며 자연스런 삶을 살았을 텐데요.
사람은 누구나 알맞은 크기의 그릇을 갖고 있나 봅니다.
지나친 욕심은 항상 결과의 참담함을 동반하게 마련이지요.

땀이 송글송글 하도록 걷다가 망나니골 약수터에 이르러
찬물로 목을 축이면 내장 속까지 시원한 느낌이 듭니다.
부귀도 명예도 권력도 없지만
이렇게 자연 속에서의 삶도 멋스럽다는 생각을 합니다.
길가 이름 모를 들풀도 다 존재의 이유가 있습니다.
우리가 더불어 살아있음이 이미 큰 축복임을

폭포수 같은 햇살 아래서 생각하는 아침입니다.

고향 집 앞에서

온통 하얀색으로 봄을 노래하던 나무에
주황색 자두가 실한 모습으로
주렁주렁 매달린 세월의 모습을 봅니다.

저는 춘천댐에서 나고 자랐습니다.
우리나라가 해방을 맞을 당시만 해도 북쪽이 훨씬 더 발전된 모습이었습니다.
북에는 풍부한 수력 자원이 있었고
선진 문명 또한 주로 대륙에서 들어와
입지적으로 북쪽이 유리했기 때문이지요.

6·25 당시 북한 소유의 화천댐을 사이에 두고,
치열한 전투를 벌인 이유가 전기라는 무형의 에너지 다툼이었기
때문입니다.

댐으로 생긴 호수의 이름은 댐의 이름과 닮아있습니다.
춘천호, 소양호, 의암호, 대청호, 청평호, 팔당호.
하지만 화천댐의 호수는 화천호라고 부르지 않습니다.
파로호(破虜湖)라고 부르지요.
해석하자면 '오랑캐를 물리친 호수'라는 의미가 됩니다.

아버지가 춘천에 정착한 해인 62년도의 춘천댐은
공사가 막바지에 이르고 있었습니다.

우리의 손으로 처음 만든 댐이 춘천댐이고 보면
장비도 변변치 못해 거의 손으로 지어진 댐이지요.

생활이 어려웠던 아버지는
그때 댐에 필요한 자갈을 채취하는 인부로 삶을 꾸리셨습니다.

그 당시에는 조그만 골짜기에 3만이 모여 살았다고 하니
눈곱만 한 땅만 있어도 판자를 세우고 삶을 시작한 게지요.
지금도 발붙이기 힘든 산비탈에 무너진 돌담이
옛날 이곳이 집터였음을 침묵으로 알려줍니다.

65년 춘천댐이 완공됩니다.
완공은 대량의 실업자가 생겼다는 것이고,
빼곡히 모여 살던 사람들이 대량 이주를 해야 한다는 것을 의미
했습니다.
사람들로 북적대던 골짜기가 시냇물소리와 뻐꾸기 소리 들리는
한적한 마을로 돌아가는 데는 채 1년이 걸리지 않았습니다.

오 남매를 거느린 아버지는 그때 화전이라도 일구리라 마음먹고
더 깊은 산으로 들어가 정착하게 됩니다.
저의 유년 시절은 그렇게 화전민의 아들로
부모님의 땀에 의지하여 자란 셈이지요.

부모님은 정말 열심히 농사를 지었고 땅은 땀의 대가를 저버리지
않았습니다.
저녁때 호야불 아래서 양말을 깁던 어머니에게
긁어달라고 등을 들이대면,
손바닥으로 쓱쓱 문지르는데도 아픔을 느낄 정도로
거친 손이 그 치열한 삶을 말해주지요.

그런데 76년도에 갑자기 화전정리령이 떨어집니다.
삽과 곡괭이로 밭을 일구어
땅이 전부인지 믿고 살던 가난한 촌부에게

일구어 먹던 밭에 낙엽송을 심는다는 말은 청천벽력이었습니다.

그나마 한 가지 위안은 화전이라도 유실수를 심으면
경작이 가능하다는 한 줄기 희망이었지요.
산 아래 비탈진 밭에 과일나무를 심은 것은 그 무렵이었습니다.

파란색 완장을 찬 삼림감수가 인부들을 데려와
멀쩡한 옥답에 낙엽송을 심은 그해 봄은 어느 해보다도 길었습니다.

팔자에 없는 과수원을 시작하니 시행착오도 많았고
과일을 지고 비탈길을 오르내리다 넘어지기 일쑤였습니다.
과일 농사 덕에 과일은 실컷 먹을 수 있었으나
벌레 먹은 것, 새가 쪼아서 상품성이 없는 것, 너무 물러서 터진 것,
기형적으로 찌그러진 것.

파치가 맛있다는 유감스러운 위로의 말을 뒤로하고,
맛있고 실하게 생긴 과일은 맛볼 엄두도 내지 못했습니다.

가끔 고향 집 앞에 섭니다.
장대로 털던 키 작은 집 앞의 밤나무가
범접할 수 없는 높이로 자랐고,
미역 감고 물장구치며, 고기 잡던 앞 개울은
밋밋하게 말라 볼품을 잃었습니다.

그래도 주변을 보면 고향 산천은 그대로인데,
꿈을 먹고 자라던 소년만이 어느새 반백의 중년이 되었습니다.

지금도 춘천댐을 지나다 보면 불현듯 내리고 싶은 충동이 입니다.
반겨줄 고향의 그리운 얼굴들이 지금은 없는데도.

난을 기르면서

며칠 비바람이 심하게 불었습니다.
날씨 덕에 사나흘 만에 텃밭에 나갔습니다.
내 키보다 훨씬 크게 자란 옥수숫대가 바람을 못 이겨
이리저리 쓰러져있고,
꽤 실하게 박아놓았다고 생각한 고춧대가
부는 바람을 견디지 못해 매달린 고추와 함께 범벅이 되어 있는 것을
가지런히 정리하고 들어오는 길,
사람의 정성과 손길의 중요성을 다시 한 번 실감합니다.

작년 꽃집 앞을 무심코 지나다가
앙증맞게 피어있는 난이 있어
충동적으로 구매하여 창가에 두고
시시때때로 물을 주고 사랑을 주었더니,
올해도 여린 몸짓의 꽃대가 삐죽이 올라와
미색의 엷은 노랑으로 송이송이 꽃이 피었습니다.

모양이 화려하고 오래가지만, 향기가 없는 서양란보다는
수줍은 듯이 다소곳하게 핀 수수한 꽃대에
은은한 향이 오래 머무는 동양란이 참으로 멋스럽습니다.

어쩌면 인간관계에 있어서도 난을 닮고 싶다는 생각이 들었습니다.

난은 사군자 중의 하나입니다.
연약한 풀이지만 곧게 솟은 꽃대에서 피는 꽃은
그 향기가 참으로 멋스럽기 때문이지요.

아름다우면서도 은은하고,
은은하면서도 기품이 있는 것이 군자를 닮았습니다.

추사 김정희는 충신에 비유된 난초를 그림에 있어서,
"난초를 치는 것이 가장 어려운데, 그것은 인품이 고고하여
특별히 뛰어나지 않으면 쉽게 손댈 수 없기 때문이다."라고 하고
웬만해서는 난을 그리지 않았다 합니다.

엊그제 아들놈하고 직탕폭포 근처를 산책하는 길.
군데군데 달맞이꽃이 노랗게 피었고,
싸리꽃, 칡꽃 만발하고
강아지풀이 바람에 한들거리는 길을 걸었습니다.
붉나무, 아카시아, 달개비, 엉겅퀴, 패랭이, 마타리, 능소화.
아이들은 어느 것 하나 식생하고 있는 초본의 이름을 대지 못했
습니다.

심지어
고구마, 참깨, 콩, 팥, 당근.
이런 밭작물의 이름도 전혀 인식 밖인 것을 확인했을 때
아이에게 세상에 대한 것을 너무 무심하게 대한 것이 아닌지
속으로 반성을 많이 했습니다.

컴퓨터 앞에만 앉아있을 것이 아니라
들로 산으로 강으로 바다로.
자연에 다가가는 삶을 살도록 해야 하는 것이 참으로 중요함을
깨달은 날이었습니다.

칡꽃

너른 들에 실하게 숙인 벼 이삭에서
온통 하늘을 뒤덮은 잠자리 떼에서
누렇게 말라가는 옥수숫대궁에서
여기저기 쌓여있는 세월의 흔적을 느낍니다.

갑자기 중학교 3학년 때 배운 황순원님의 소나기 생각이 났습니다.

　소녀가 분홍 스웨터 앞자락을 내려다본다.
　거기에 검붉은 진흙 물 같은 게 들어 있었다.
　소녀가 가만히 보조개를 떠올리며, "그래 이게 무슨 물 같니?"
　소년은 스웨터 앞자락만 바라보고 있었다.
　"내, 생각해냈다. 그날, 도랑을 건너면서 내가 업힌 일이 있지?
　그때, 네 등에서 옮은 물이다."
　소년은 얼굴이 확 달아오름을 느꼈다.

이 소설을 감동으로 읽으면서도 그 얼룩의 정체를 몰랐습니다.
소에게 풀 뜯기고 꼴을 베던 시절을 겪고 나니
그 얼룩이 칡에서 나온 것임을 늦게 인지했지요.

소나기의 전반부에 이런 내용이 있습니다.

　누가 말한 것도 아닌데, 바위에 나란히 걸터앉았다. 유달리 주위가 조용해진 것
같았다. 따가운 가을 햇살만이 말라가는 풀 냄새를 퍼뜨리고 있었다.
　"저건 또 무슨 꽃이지?"
　적잖이 비탈진 곳에 칡덩굴이 엉키어 꽃을 달고 있었다.
　"꼭 등꽃 같네. 서울 우리 학교에 큰 등나무가 있었단다. 저 꽃을 보니까 등나무

밑에서 놀던 동무들 생각이 난다."

소녀가 조용히 일어나 비탈진 곳으로 간다. 꽃송이가 많이 달린 줄기를 잡고 끊기 시작한다. 좀처럼 끊어지지 않는다. 안간힘을 쓰다가 그만 미끄러지고 만다. 칡덩굴을 그러쥐었다.

소년이 놀라 달려갔다. 소녀가 손을 내밀었다. 손을 잡아 이끌어 올리며, 소년은 제가 꺾어다 줄 것을 잘못했다고 뉘우친다.

갈색의 '葛' 자는 '칡 갈' 자입니다.
칡 물이 들면 갈색으로 되는데, 한번 들면 빠지지 않습니다.
칡뿌리를 말려 가루로 만들면 갈분이라고 하고
갈등(葛藤)이란 말도 칡과 등나무처럼 서로 얽어져,
개인이나 집단 사이에 목표나 이해관계가 달라
서로 적대시하거나 불화를 일으키는 상태를 의미합니다.

지금 산야에 칡꽃이 한창입니다.
무엇이든 감고 올라가는 성질이 있어
다른 나무에 피해를 준다고 걷어내기도 했지만,
시골에선 땔 나무 단을 묶는 끈으로서의 역할은 칡만 한 것이 없
습니다.

오래된 칡은 삼으로 치면 뇌두 부분이 큽니다.
땅이 얼기 시작할 초겨울에
곡괭이를 들고 땀이 송글송글 하도록
칡뿌리를 캐면 나무 등걸보다도 더 굵은 뿌리.
톱으로 중간중간 썰어 지게에 지고 산을 내려오면
어느새 하루해가 서산에 걸리곤 했습니다.

맛은 추억이라 합니다.
장가들고도 어머니의 손맛을 그리워하고
담백하지만 옛날 맛을 만났을 때의 정겨움도

추억과 함께한 시절이 있었기 때문이지요.
지금도 가끔 칡즙을 팔고 있는 곳을 지납니다.
내 손으로 캔 것은 아니지만
그 흙냄새 물씬한 쌉쌀한 향과 맛은
건강이전에 추억을 맛보게 하여 참 좋습니다.

날이 많이 서늘해졌습니다.
자라는 식물도 그 성장의 속도가 현저히 줄어든 것을 보면
계절의 추이 속에서 느끼는 자연의 위대함을 생각합니다.

대교약졸

스러져가는 매미 소리에 귀뚜라미와 쓰르라미 소리가 오버랩 됩니다.
너른 들녘에 가보면 성급한 벼가
벌써 누릇한 가을 소리를 냅니다.

일주일 동안 밭에 나가보지 않아도 잡초가 별로 자라지 않은 것을 보면
가을은 가을인가 봅니다.

식물의 경우 가장 자유로운 것이 잡초입니다.
이름이 붙여진다는 것은
결국, 인간의 지배하에 들어왔다는 것을 의미하기 때문이지요.

쓰르라미에게 물어보면 '쓰르라미'는 자기 이름이 아니지요.
어떻게 보면 그 이름이 그 동물 본연의 모습을 드러내지 못합니다.
그저 사람이 그들 편한 대로 붙여놓은 표식일 뿐이지요.

자연은 스스로 흐름을 갖고 있습니다.
즉, 흐름에 개입하거나 질서를 깨뜨리지 않는 것이 자연이지요.
만물은 스스로 자라는 것이며 간섭할 필요가 없습니다.
인위적이지 않은 것이 멋스러운 이유이지요.

그래서 대교약졸(大巧若拙-크게 솜씨가 좋은 것은 마치 서툰 것),
대변약눌(大辯若訥-참으로 잘하는 말은 어눌하게 들리는 것),
대직약굴(大直若屈-곧게 뻗어 있는 것은 굽은 듯하게 보이는 것),
이런 말들이 있는 게 아닐는지요.

현학적인 강의를 들었습니다.
어쩌면 말을 저렇게 잘할 수 있을까
강의 내내 부러운 마음을 저버릴 수 없었습니다.
집에 돌아와 잠자리에 들면서
말 잘하는 명쾌함과 학문적인 미사여구는 참 많았었지만,
어찌 보면 좀 모자란 듯해도
진실성으로 다가가는 것이 더 좋겠다는 생각을 했습니다.

개학이 되어 아이들 앞에 섭니다.
어느 하나 잘하는 것 없이 부족함 투성이지만
조그만 진실을 가져보려고 노력하는 일상이 되려고 애써봅니다.

가을 축제

비가 자주 온 탓인지
청정한 공기에 투명한 햇살
청량한 가을바람이 하루를 상쾌하게 합니다.

바지랑대 꼭대기에 앉은 잠자리
휘영청 힘들게 무거운 고갯짓을 하는 수숫대의 자태
점점 커가는 가시 밤송이의 모습.
가을 느낌은 이렇듯 세월보다 먼저 와 있습니다.

밭에 김을 매도, 씨앗을 뿌려도
봄처럼 성장활동이 활발하지 않은 것을 보면
세월의 흐름은 인간 이전에 자연이 먼저 아는 것 같습니다.

학교 축제 기간입니다.
너무 엉성해서, 꾸며진 모습이 없어서
더욱 아름답고 재미있는 축제입니다.

행사 중에는 게임대회도 있었는데
치고, 받고, 부수고, 메치고, 날리고.
온갖 굉음 사이의 싸움질을 아이들은 즐기고 있었습니다.
내가 보기엔 하나도 재미없는데,
아이들은 이것에 열광하고, 밤을 새우는 것을 보면
세대차이가 많긴 많나 봅니다.

그나마 저런 폭력적인 게임에 물들어 있는 아이들이
현실 세계에서 그렇지 않다는 것이 감사할 따름이지요.

아이들의 순서가 끝나고
선생님들을 게임 판에 앉혔습니다.
이리 부딪치고, 저리 막히고, 헛손질하고,
매일 자신들을 나무라며 가르치던 선생님들의
쩔쩔매는 모습을 아이들은 즐기고 있었습니다.

일전에 13살 차이의 선생님들과
일급정교사 연수를 같이 받을 때가 생각납니다.
무더위 속에서 수업이 끝난 후
시원한 소주 한잔은 일품이었습니다.
그럼 2차는 노래방이나 맥줏집으로 가야 정석인데,
후배들은 PC방으로 몰려가는 것이었습니다.
"오늘은 스타 한판 합시다."
스타에 문외한인 저는 생으로 쫓겨나는 신세가 되었습니다.
그때도 주변보다 오래 살았던 삶이 애처로움으로 다가오더군요.

축제를 마치면서
공존이라는 명제를 생각했습니다.
아이들이 사는 세계와 내가 살아가는 세계의 괴리감이 크게 느껴
질수록
같이 할 수 있는 점이지대를
의도적으로라도 늘려야겠다는 다짐을 했습니다.

아직 한낮의 끝은 참기 힘든 무더위의 연속입니다.
일교차가 많은 이때 건강에 유의하시기 바랍니다.

너른 논에 익어가는 벼를 바라보면서.

올림픽을 보면서

베이징을 밝혔던 올림픽이 끝났습니다.
방학 내내 올림픽 중계를 보면서
열정과 감동을 온몸으로 느끼며
정말 열심히 한 선수들이 자랑스러웠습니다.

최고의 시상대에 오른 선수도 멋스럽지만
메달은 없더라도 과정의 어려움을 딛고 최선을 다한 선수들에게
더 큰 박수를 보냅니다.

경기를 마치고
시상대에 오르는 것을 보았을 때의 감격과 벅참을 생각합니다.
중요한 것은 어느 종목이던 시상대에는 선수들만 오를 수 있었습니다.
아무리 코칭스태프나 감독이 고생했다 하더라도
그들이 시상대에 오를 수는 없었습니다.
경기에 이기고 나면 그 영광은 모두 선수에게 돌아가게 마련이지요.
그동안 함께 고생한 스태프는 뒤에 묻히게 마련입니다.
하지만 경기에서 지고 나면 그 무수한 비난의 화살은 선수들보다는
감독을 비롯한 코치진의 몫이지요.

영화제에서 시상대에 오른 배우들이
일일이 스태프의 이름을 열거하는 이면에는
같이 고생하고도 자신의 이름만이 날리는 것에 대한
미안함이 들어 있어서가 아닐는지요.

어쩌면 교사도 감독의 길과 같다는 생각을 합니다.

영광은 열심히 공부하여 일가를 이룬 제자들의 몫이고
교사는 뒤에서 밀어주고 박수 쳐주되
승리 후의 감독처럼 무덤덤하게 잊히는 그런 존재 말입니다.
정말 아쉬울 것 없는 올림픽이 끝났습니다.
이럴 땐 대한민국 땅에서 나고 자란 것이 그리 좋을 수가 없습니다.

새벽 산책로에 이슬 맞고 피어있는
인동초의 꽃망울이 참 순수합니다.
하이얀 마음으로 다가오는 가을을 맞이하시기를….

가을꽃 만발한 화단을 보면서.

삼의일발

옛날 천하제일의 마부인 왕량이 살았습니다.
임금의 사랑받는 신하인 해(亥)의 사냥을 위해 마차를 몰았지요.
하루 종일 한 마리도 잡지 못하고 돌아온 해는
왕량을 일컬어 천하에 형편없는 마부라고 하였습니다.

그 소리를 들은 왕량은 다시 한 번 마차를 몰게 해달라고
간청하여 다시 마차를 몰았습니다.
그러자 이번에는 하루아침에 열 마리 이상을 쏘아 맞추었습니다.
그러자 해는 왕량을 일컬어 천하제일의 마부라고 칭찬했습니다.

주변에서 앞으로도 왕의 신임 받는 신하인 해를 위하여
마차를 몰겠느냐고 물으니
왕량은 단호하게 거절합니다.
사냥의 법도대로 마차를 몰았더니 하루 종일 한 마리도 잡지 못
하다가
법도를 어기고 마차를 몰아서
하루아침에 열 마리를 잡고서 좋아하는 사람을 위해서는,
그가 아무리 권세가라 하더라도 마차를 몰지 못하겠다는 것이었
습니다.

위의 예는 고전인 맹자에 나오는 이야기랍니다.
왕량의 원칙과 정도를 강조하는 모습은 참으로 멋스럽습니다.

중국을 일깨운 주은래 총리의 생활이 잔잔한 감동을 줍니다.
그는 평생 자신의 옷을 수선해 입었고,
사망 당시 남긴 유산이 단돈 5,000 위안(65만 원)이었을 정도로

검소한 삶을 살았습니다.

그는 총리 시절에도 다음과 같은 원칙을 지켰다 합니다.
- 후배가 공무를 제쳐 놓고 총리실을 찾게 해서는 안 된다.
- 총리 방문자는 모두 국무원 초대소에 묵게 한다.
- 식당에선 모두 줄을 서 밥과 반찬을 타야 한다.
- 공무 차량을 사적으로 사용해서는 안 된다.
- 개인적인 일은 스스로 처리하고 남을 시켜선 안 된다.
- 생활은 질박하고 검소해야 한다.
- 개인적 이익을 도모해선 안 되며 특권층이 되어서는 안 된다.

단순히 청렴하고 결백해서 그가 부러운 것은 아닙니다.
정치가로서 뛰어난 수단을 발휘하여 중국의 혁명을 이끌었으며,
민중을 위해 평생을 바친 삶이 멋스럽기 때문입니다.

남을 탓하기 전에
학급에 들어가면서 내가 저들의 마음속에
얼마나 함께하는 모습으로 새겨져 있을까, 스스로 반성해봅니다.

불가에 삼의일발(三衣一鉢)이란 말씀이 있습니다.
옷 세 벌과 바리때 하나면 족하다는 말씀이지요.
참 멋스러운 말이지만, 이 말 속에는 불교라는 큰 버팀목이 있음을 생각하는 것도 잊지 말아야 합니다.
하지만 욕심을 줄여 사납지 않다는 측면에서는
큰 깨달음의 울림을 주고도 남을 만한 말씀이 아닌가 합니다.

너른 들 바람의 지휘에 금빛 물결이 일렁입니다.
참 좋은 계절 건강에 유의하시기를….

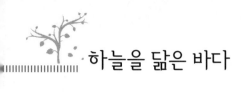

하늘을 닮은 바다

하늘에서 나린 빛이
너른 들을 만나 황금빛 물결을 이루었고,
가진 것 없어도 한껏 시각의 풍요를 맛볼 수 있는 가을은
영글어가는 열매만큼이나 속이 실한 모습으로 다가와 있습니다.

산은 언제나 아집을 미련없이 흘려보내는 강을 기리고
강은 오직 제자리를 지키며 천 년을 되새기는 산을 우러릅니다.
다른 것 같으면서도 조화를 이루는 것의 멋스러움을
자연은 침묵으로 일깨워줍니다.

벌초를 핑계 삼아 서해를 다녀왔습니다.
하늘빛이 투영된 쪽빛 바다에 갈매기 한 마리.
바다는 하늘빛을 닮아 있었습니다.

오랜 세월을 하늘과 바다로 마주하고 있어서
그 세월의 깊이만큼 닮아가는 것이 아닌가 하는 생각도 들었습니다.
앞 뒷산 연결하면 바로 빨랫줄인 산간지역에서 나고 자라면서
그리 너를 수 있는 바다는 경외심 이상이었습니다.

너름을 대하면서 좁은 인식의 껍질을 깨고
좀 더 긍정적인 생각으로 너른 마음으로 세상을 살아내야겠다는
다짐을 해봅니다.

벌써 9월이고 보면
희망에 부풀어 시작한 올해도 4개월이 채 남지 않았습니다.

남은 세월을 열과 성의를 다하여 의미 있게 마무리하시기를….

세월이 익어가는 들판에 서서.

창과 벽

계절이 하루가 다르게 식어갑니다.
이젠 조석으로 시원한 그늘보다는 따뜻한 햇살이 좋습니다.

딸각딸각 차 끓는 소리.
타닥타닥 장작 튀는 소리.
이렇듯 차갑고 스산한 바람이 불어오는 계절이면
따뜻한 아랫목이 있는 실내가 그리워집니다.

요즘 산가에 들어간 선생님을 대신하여 잠시 담임을 합니다.
벽과 창을 생각합니다.
창은 세상을 향하는 길로 의사소통의 통로이지만
벽은 가로막힘 자체입니다.
이것을 장자에 대입하면 참과 빔이 되지요.
체(體)와 용(用)으로 다시 쓸 수도 있겠네요.

아이들과 대화를 하다 보면 끝없는 벽을 마주하고
앉아있다는 생각이 들 때가 있습니다.
그 상태로 한참을 생각하면
내가 벽인지 상대방이 벽인지 모호해질 때도 있지요.

아이들과의 대화 속에서 의견이 대립될 때,
변화의 시도는 남의 몫이라고 생각하고
상대방의 변화만 바란 것이 사실인지 모릅니다.
또한, 나만 옳고 상대는 그르다는 비이성적 논리로
자신을 합리화하고 살았는지도 모릅니다.

이미 이루어진 일에 대하여 결론의 허망함에
절망할 줄은 알았지만,
그 과정 속에서 상대의 아픔을 이해하려는 노력이
참으로 부족했음을 깨닫습니다.

결국, 관계 속에서 상대방이 한 발짝 다가오게 하려면
나도 한 발짝 다가가야 한다는 너무나 평범한 진리를
관념 속으로만 갖고 있다는 것이 부끄러웠습니다.

문제의 본질을 아는 것이 해결의 열쇠이고 보면
좀 더 아이들 곁으로 다가가야겠다는 생각을 합니다.

10여 년 전 학교를 뒤로하고 야간열차를 잡아탄
학생이 따지듯 던지고 간 몇 마디가 이명처럼 남습니다.

"선생님은 평소에 모범적으로 학교를 다녔고
비교적 공부도 잘한 편이라,
우리들의 입장과 생각을 몰라주는 것이 슬펐습니다."

* 오늘도 '억울한 사람 없는 철원 만들기'란 플래카드가 경찰서 앞에 펄럭입니다.

갈버섯

가을이 깊어감에도
한낮 내리쬐는 뙤약볕은
남태평양의 산호섬에서 온몸으로 느끼던
폭염의 한 때를 생각게 합니다.

인간의 손길이 미치지 않는
산속 바위틈에서 수줍게 피어난
가을 소국의 청아한 자태에서
오랜 성장을 갈무리하고
볼품없이 말라가는 이름 모를 들풀의 가녀린 몸짓에서
거부할 수 없는 계절의 섭리를 느낍니다.

올봄 산나물을 뜯어볼 요량으로 앞산에 올랐습니다.
소나무, 참나무, 굴참나무, 개암나무, 철쭉, 진달래, 싸리나무….
나무들이 울울창창 극상을 이루어
한낮에도 어둑어둑하여 햇볕이 차단된 공간에 자라는 풀이 없거
니와
더더욱 뜯을 수 있는 나물도 없었습니다.
같은 이유로 가을 산엔 수확할 버섯이 없더군요.

갈버섯, 싸리버섯, 밤버섯, 개암버섯, 목이버섯, 능이버섯, 갓버
섯….
참 좋은 버섯이 즐비했던 산이었는데,
지금은 버섯 구경하기가 하늘에 별 달기입니다.
가을 입맛과 더불어 소중한 우리 것을 잃어버린 것 같아
왠지 씁쓸함을 지울 수 없습니다.

가을이 되어 찬바람이 일면
여름내 묵혀두었던 다래끼를 손질하여
허리춤에 단단히 괴어 산에 올랐습니다.
형형색색 참 아름답게 생긴 버섯은
대부분 독버섯으로 먹으면 큰일 납니다.

먹을 수 있는 버섯은 그 생김새와 색깔이
무덤덤하기 그지없습니다.
이는 마치 군자의 덕과 같아서
소인배들의 겉만 화려함과 큰 차이가 있지요.

산을 오르내리면서 보물처럼 발견한 버섯을
한 다래끼 채워 내려오는 길.
운이 좋으면 머루나 다래를 만나기도 하고
가래나 으름을 딸 수 있는 기회를 얻기도 했습니다.

가랑잎이 여기저기 붙어있고
흙냄새 물씬한 버섯을 다듬는 손길엔
행복도 함께 묻어 있었음을 생각합니다.
조그만 것에 감사할 줄 알았고
큰 욕심 없음으로 해서 행복하게 살 수 있었던 시절이
참 그립습니다.

비록 내 가진 것이 소박하더라도
감사하는 마음으로 살아야 함의 의미를
다시 한 번 새겨봅니다.

캡사이신

풍요를 구가하는 논은 황금 물결을 이루었고
메뚜기, 풀무치, 떡먹지가 이슬 머금은 들판에 한가롭습니다.

* 떡먹지는 매우 큰 개구리를 가리키는 강원도 사투리입니다.

높은 하늘만큼이나 휘영청 한 달빛에
고개 숙인 수숫대의 휘어짐이
세월의 무게를 견디고 있습니다.

가끔 비상하는 철새의 날갯짓이
이곳이 철원임을 일깨워줍니다.

캡사이신을 몰라도 고추의 매운맛을 느낄 수 있고,
크산토필과 카로티노이드를 몰라도
가을 단풍의 고운 자태를 느낄 수 있습니다.

세상은 아는 것의 깊이만큼
더 많이 보여주는 속성을 갖고는 있지만,
아는 것에 집착하다 보면 물(物)의 속성의 순수함을
있는 그대로 받아들이지 못하는
우(愚)를 범할 수도 있습니다.

구분 짓기 좋아하는 사람은
세수와 세면을 구분하고,
목과 욕을 구분하며
(沐: 머리 감는 것, 浴: 몸을 씻는 것),

수와 염을 구분하고
(鬚: 윗수염, 髥: 아랫수염),
머리와 꼬리를 따로 떼어 분석하려는 속성을 갖고 있습니다.
어찌 보면 하나로 넉넉하게 볼 수 있는 혜안이
좀 부족한 듯해도 마음으로 다가갈 수 있는 심안이
더 중요하지 않나 싶습니다.

문밖을 나서면
물씬 풍기는 가을 냄새에
입맛 당기는 먹을거리가 있어 더욱 좋은 계절입니다.
그냥 있는 그대로, 생김대로 세월을 즐기시기 바랍니다.
오늘은 제가 변변치 못한 한문 실력으로 이런 문구는 어떨까 하는
성어를 만들어보았습니다.
大知若痴(대지약치): 큰 지혜는 마치 어리석음과 같다.

　주) 노자의 無爲而治, 無爲自然에서 말하는 무위는
　　　사실상의 無不爲를 의미합니다.
　　　어리석음이란 실상의 모자람이 아니라
　　　큰 현명함을 안고 겉으로 꾸미지 않는다는 의미이겠지요.

그리고 痴(어리석을 치)라는 글자에서
'知' 자를 뺀 외곽 글자는 '병들 녁' 자랍니다.
병과 관련되어 이 글자를 많이 쓰지요.
知가 병들은 것이 痴라고 할 수 있겠네요.

진선진미

추석을 잘 보내셨는지요?
오랜만에 보름달을 실컷 구경했습니다.
가로등의 존재를 모르고 살던 시골살이
손전등에 의지하여 산길을 걷던 시절,
은은한 시골 향 달빛이 얼마나 소중했는지 모릅니다.

그리도 좋았던 달빛이
이젠 도시화의 물결 속
쇠락해져 버린 문명의 뒤안길에서,
진흙 속에 파묻힌 진주처럼
밝음 속에 잊혀져가는 것 같아 안타까움이 많습니다.

하늘 한편에서 내린 달빛이 별을 숨기고
부드럽게 반짝이는 잔잔한 파도 위에 잘게 부서지는 달빛이 하도 고와
한 자락 끊어내어 메일에 싣습니다.

요즘 신영복 교수의 강의라는 책을 다시 읽고 있습니다.
그 책 중에 참 좋은 내용이 있어 옮깁니다.

"'진선진미(盡善盡美)'
목표의 올바름을 선(善)이라 하고
그 목표에 이르는 과정의 올바름을 미(美)라 합니다.
목표와 과정이 함께 올바른 때를 일컬어 진선진미(盡善盡美)라
합니다('참 眞' 자가 아니고 '다할 盡' 자입니다).
목표의 달성으로 모든 수단이 합리화되는 사회에서는

속도와 효율을 중시하는 도로의 논리보다는
과정 그 자체를 존중하는 길의 정서를 길러야 합니다.
더구나 힘들고 먼 길을 가는 사람에게는
목표보다는 과정이 더욱 의미 있어야 합니다.

목표가 바르지 않고 그 과정이 바를 수가 없으며,
반대로 그 과정이 바르지 않고 그 목표가 바르지 못합니다.
목표와 과정은 하나입니다(略)."

좋은 책을 읽다 보면
그 분석과 논리의 날카로움과
해박함 속에서 빛나는 명쾌함이
참으로 멋스러울 때가 많습니다.

가을입니다.
풀벌레 노래를 배경 삼아
좋은 글 많이 읽은 세월이 되기를 바랍니다.

온통 가을빛과 가을 내음에 정신이 혼미하도록 아찔한 날에

고정관념

옛날 차치리라는 사람이 살았습니다.
그는 발을 자로 잘 재어서 하나의 틀을 만들어 놓았습니다.
신발을 사러 가게에 간 차치리는
틀을 가지고 오지 않았음을 깨닫습니다.
"잠시만요. 틀을 가지고 오지 않았네요. 집에 다녀오겠습니다."

그는 발로 신의 크기를 잴 수 있음에도 불구하고 집으로 돌아갑니다.
그가 틀을 가지고 다시 가게에 왔을 때는
이미 가게 문이 닫혀 결국 신을 살 수 없었습니다.

주변에서 그에게 물었습니다.
발로 신의 크기를 잴 수 있는데, 왜 구태여 집에 다녀왔느냐고.
그때 차치리는 대답합니다.
틀은 믿을 수 있어도 자신의 발은 믿을 수 없노라고.

여기서 대립되는 대상은 틀과 발이라는 존재랍니다.
틀은 고정관념이라고 풀이하면
발은 실용적인 관념이라고 할 수 있겠고요.
틀이 허상이라고 하면 발은 실상이라고 볼 수 있겠네요.
또한, 틀이 책 속의 인식적 지식이라고 하면
발은 경험적 현실론에 가깝고요.

인식의 구태의연함에서 벗어나라는 큰 명제를
우인(愚人)의 일화로 일깨우고 있는 것이지요.
너른 들이 하루가 다르게 비워져 갑니다.

오늘을 비워야 내일 다시 채울 수 있음을,
비운 뒤에야 채움이라는 역사가 성립될 수 있음을
빈들을 바라보며 배우는 아침에….

제3장
가로문화와 세로문화

득어망전

여린 햇살 아래 산 위에서 시작된 세월이
교정의 은행나무를 물들이고
선홍색 단풍나무에 내려앉았습니다.

세상살이가 참 어렵고
베르테르효과로 뒤숭숭한 요즘에도
계절은 속절없이 형형한 색으로 곁에 다가와 있습니다.

득어망전(得魚忘筌)이라는 말씀이 있습니다.
물고기를 잡고 나면 통발을 잊는다는 말씀이지요.
강을 건너고 나면 배를 잊는다는 것과 상통하고요.

같은 의미로
득토망제(得兎忘蹄)
토끼를 잡고 나면 덫을 잊으며,
득의망언(得意忘言)
의미가 통하고 나면 말을 잊어버린다는 말이 있습니다.

깨달음이 있고 나서 그 과정을 잊는다는 말씀이지요.
이는 과정이 중요하지 않다는 말씀은 아닙니다.
산에 오르는 방법(틀)이 다양하듯
목적에 부합되는 것이
틀 안에 갇히는 것보다 중요함을 나타내는 말귀이지요.

세상은 통발과 덫을 중요시한 나머지
우리가 어디로 흘러가야 하며 어떻게 살아야 하는지

방향성을 상실할 때가 많습니다.

옛 선인들의 공부 목적은
자신을 갈고닦아 덕을 수양하여 더불어 사는 데 있었지,
보다 많은 정답을 맞혀
신분상승의 동력으로 삼으려는데 있지 않았습니다.

시계를 보는 것보다 나침반을 보는 것이 참으로 중요합니다.

고즈넉한 교정이
들과 온 산야가 온통 가을빛입니다.
좋은 계절 행복함을 누리시길 기원하면서.

길 위에 서서

하루가 다르게 사위어가는 태양 빛에
성큼 다가온 가을이 속절없이 물들고,
농무 속에 맞이한 아침 시절만큼이나 사물을 분간해내기가 어렵
습니다.

풀섶에 맺힌 아침이슬처럼 쉬 인식의 망각 속으로 사라지고
도도히 흐르는 강물처럼 흘러가면 그만인 것이 인생일진데,
돌아갈 때 한 줌의 재가 되어 흔적 없이 사라질 이생의 욕심을
움켜쥐고 애달파하는 모습이 자화상으로 다가올 때,
너무 욕심 사납게 살아선 안 되는 삶의 화두를
내면의 울림으로 깨닫는 아침입니다.

이 가을엔 두꺼운 책 한 권 옆구리에 끼고
홀연히 길을 떠나고 싶습니다.

세상 끝으로 통하는 길 위에 서서
길가에 갓 피어난 여린 풀들의 몸짓과
아무런 주목도 받지 못한 채 뒹구는 마른 잎들.
어찌 보면 삶 속에서 잃은 것도 없고, 얻은 것도 없이
그냥 자연의 일부가 되어 풍경화의 배경처럼,
비우고 살아야 함을 일깨우는 빈들처럼
그렇게 살고 싶습니다.
선홍색 단풍이 곱습니다.
계절이 다 흐르기 전에 그 고고한 산의 자태를
시각의 풍요로움으로 느껴보는 것도 참 좋을 듯합니다.

산수유 따던 날

길가에 아무렇게나 굴러다니는 낙엽이
슬슬 떠날 채비를 하는 가을이 애달프고,
발밑에서 부서지는 바스락거림은 지난 계절을 추억게 합니다.

엊그제 투명한 늦가을 햇살 아래
교정에서 선홍빛 붉은 산수유를 수확했습니다.
나무에 달려있을 때도 주렁주렁 매달린 모습이 풍요로워 보이더니,
바구니에 따 모으니 적당히 붉은빛과 통통한 과육이
참 맛깔스럽게 느껴집니다.

봄에 제일 처음 노란 꽃망울로 전령사 노릇을 하더니,
가을엔 풍성한 열매로 계절을 갈무리하는 것 같아
고마운 생각도 듭니다.

산수유는 층층나뭇과에 속하는 교목으로
산이나 집 근처에서 흔히 볼 수 있는 나무랍니다.
열매는 새끼손톱 크기에 긴 타원형 모양으로
처음엔 녹색이었다가 10월경 붉게 익는데,
약간의 단맛과 떫고 강한 신맛이 납니다.

산수유는 바로 씻어 술로 담아 먹기도 하고,
햇빛에 잘 말려서 차로 달여 마시기도 하는데,
콩팥의 생리 기능 강화와 정력증강, 무기력증, 원기회복 등에
효과가 있습니다.
열매를 잘 다듬어 햇살 좋은 창가에 펼쳐 널어놓았더니
가을을 한 움큼 집안에 들여놓은 것 같아 마음이 부유합니다.

계절은 느끼는 자의 것이라지만
주변에서 흔하게 익어가고 저절로 떨어져 잊혀가는 나무 열매라도,
소중한 마음으로 거두어 삶 속에서 의미를 부여하는 것도,
이 계절을 잘 보내는 좋은 방법 중의 하나일 것입니다.

한비자에 나오는 구절 하나로 메일을 갈무리합니다.
'교사불여졸성(巧詐不如拙誠)'
즉, 교사는 졸성만 못하다는 것이지요.
교사란 교묘한 속임수를 말하는 것이고
졸성은 졸렬한 진실을 이야기합니다.

아무리 교묘하게 꾸며도 결국 본색이 드러나게 되어있는 것이고
진실은 아무리 포장지가 허술하더라도 변함이 없는 것이니까요.
풀독 오르며 산수유를 한 소쿠리 거두던 날에….

지우개 없는 인생

메마른 가을의 연속이네요.
바람결에 서걱거리는 억새의 몸짓과
물들기도 전에 말라 볼품없는 단풍의 자태에서,
온 세상 골고루 은총처럼 내려지는 비의 고마움을 생각합니다.

그리스에 가면 유명한 동상이 하나 있습니다.
보통사람들은 동상의 생김새를 보고 웃음을 참지 못하지요.
하지만 그 아래 설명을 읽어보면 깊은 감명을 받는답니다.

동상의 생김새는
앞머리는 숱이 무성하고,
뒷머리는 대머리이며,
발에는 날개가 달렸습니다.

글귀에는
앞머리가 무성한 이유는
사람들이 나를 보았을 때 쉽게 붙잡을 수 있도록 하기 위하여,
뒷머리가 대머리인 이유는
지나가면 다시는 붙잡지 못하도록 하기 위해서,
발에 날개가 달린 이유는 최대한 빨리 사라지기 위해서랍니다.
나의 이름은? '기회'랍니다.

눈부신 아침은 하루에 두 번 오지 않습니다.
찬란한 젊음도 일생에 두 번 다시 오지 않습니다.
하고 싶은 일이 있다면 지금 시작해야 하는 이유입니다.

내 뜰에 꽃을 피우고 싶다면
지금 나가 꽃을 심어야 합니다.
인생은 한 권의 책과 같아서
어리석은 자는 그냥 책장만 넘기지만
현명한 자는 매우 조심스럽게 읽습니다.
현명한 자는 하루를 백 년처럼 열심히 살아가지만
어리석은 자는 백 년도 하루같이 써버리고 맙니다.

인생은 연습이 없을뿐더러 지우개도 없습니다.

무서리 내리던 날

가을비가 촉촉이 내리는 바람이 심하던 날,
은행 낙엽이 흩날리는 고목 아래 차를 세우고
창을 내리고 조용히 눈을 감았습니다.

바람이 나뭇가지에 스치는 소리.
낙엽이 포도 위에 구르는 소리.
떨어진 잎새가 말라가는 알 수 없는 나뭇잎 향.
시각이 차단된 공간에서 청각과 후각으로 느껴지는
자연은 너무나 장엄하였습니다.

어제까지만 해도 온 가을을 노랑으로 치장한 은행이
소슬한 늦가을 바람에 꽃 비 되어 내리고,
대지가 온통 노랑으로 가득 차
어디를 밟아야 할지 망설여지는 오후입니다.

작은 두보라고 일컬어지는 두목이 지은 「山行」이라는 시에서
'霜葉紅於二月花(상엽홍어이월화)'라는 글귀는
단풍의 정취를 가장 잘 표현한 것으로 유명합니다.
서리 맞은 단풍이 이월의 꽃보다 아름답다는 내용인데요.

우리나라 이월은 겨울이지요.
두목이 살던 강남지역은 아열대성 기후라. 꽃피는 이월이 맞답니다.
외국의 문학을 접하다 보면
그들이 갖고 있는 배경과 사회상을 외면한 채
우리식으로만 풀이하려는 어리석음을 종종 범하곤 합니다.

도화행화(桃花杏花: 복숭아꽃 살구꽃) 만발했던 날들이 어제런 듯한데,
나이를 앞세운 세월의 가속도에
누릇한 대지가 벌써 눈앞에 있습니다.

도연명의 歲月不待人(세월부대인)이란 글로 메일을 마무리합니다.
"세월은 사람을 기다리지 않는다."

무서리 내리던 날에….

국화

울울창창하던 산야가 만산홍엽으로 붉어져
시각의 멋스러움을 더해주고,
가을 하늘 아래 소담스럽게 피어난 소국의 가녀린 흔들림에서
조물주의 신묘함을 생각합니다.

지난 일요일
모처럼 내리는 가을비를 맞으며
춘천 화목원의 국화 전시회장을 찾았습니다.

잎이 진 코스모스를 뒤로하고
한창 피어난 국화를 실컷 구경할 수 있는 기회를 가졌습니다.

(코스모스를 왜 코스모스라고 하는지 아시나요?
Cosmos는 우주라는 의미가 있어요.
코스모스와 우주가 무슨 관계가 있냐고요?
코스모스 수술을 잘 보세요.
노란 별모양으로 된 것이 가득 들어 있답니다.
그렇게 별이 많은 곳은 우주밖에 없지요.
코스모스의 순수 우리말은 '살사리꽃'이라는 꽃말이 있답니다.
-제공 우리말-)

앙증맞은 모습으로 피어난 노오란 소국부터
탐스럽게 핀 대국에 이르기까지,
참 다양한 모습으로 곱게 핀 꽃들
국화 향에 흠뻑 취한 가을 오후였습니다.

국화는 사군자 중의 하나입니다.
다른 꽃들이 만발하여 자신을 뽐내는 계절에도
스스로 인내하고 찬이슬, 서리 내리는 늦가을에
지조와 기품으로 꽃 피워 군자의 성품을 닮았기 때문입니다.

만물이 시들어 퇴락해져 가고
유채색 세상이 무채색으로 환원될 무렵에,
세상에 홀로 우뚝 서 있는 모습은
진정 정절과 은일의 꽃이라고 할 수 있지요.

짧은 가을을 완상하기 위하여
봄부터 헤아릴 수 없는 수고와 노력으로
활짝 핀 가을을 맞이하게 한 농부의 손길.
어느 것 하나 소홀함 없이 땀이 주는 소중한 의미를
송이송이 멋스런 국화를 보며 생각합니다.

국화는 봄에 어린싹을 나물로 무쳐먹기도 하고,
연한 잎을 기름에 튀겨먹기도 하며,
활짝 핀 국화를 듬뿍 따서 술을 담그기도 하고,
흰 국화를 잘 덖어서 차로 마시기도 합니다.

국화는 감기, 위장, 고혈압, 피부 미용에 좋으며,
두통을 없애주고 정신을 맑게 하는 기능이 있어,
꽃을 가득 말려 베개로 만들어도 좋다고 합니다.

가을의 꼬리가 보입니다.
이 가을이 다 가기 전에 국화 향에 대취해보는 것도
참으로 의미 있을 것입니다.
"출세 지향적 삶보다 성취 지향적 삶이 더 아름답습니다."

블랙 엔 화이트

잎이 진 가로수 끝에 머문 햇살이 바람에 일렁이는 오후
가끔 영하의 수은주가 세월의 흐름을 실감케 합니다.

이삭줍기의 계절
옛날 가을걷이할 때 한 톨도 남기지 않고 훑어 걷는 일이 없었습니다.
대충 거두어 남긴 이삭을
가난한 이들이 주울 수 있는 여지를 남겨 주었지요.
참 살기 힘든 세월이었지만 아름다운 배려가 존재했다는 것이
따뜻한 기억으로 남습니다.

미국에서는 검은 것을 별로 좋아하지 않습니다.
따라서 검은색은 기피 색으로 알려져 있지요.
블랙먼데이(주식이 폭락한 월요일),
블랙리스트(범죄자 또는 감시가 필요한 인물들의 명단),
블랙박스(실제는 검은색이 아니고 주황색임),
블랙데이(연인 없는 남녀가 짜장면 먹는 날),
이와 유사한 것으로 다크(Dark)를 쓰기도 합니다.

하지만 흰색은 참으로 좋아하는 색깔이지요.
화이트크리스마스(눈 오는 크리스마스),
화이트하우스(백악관),
화이트라이(악의없는 거짓말),
화이트데이(남자가 여자에게 사랑 고백하는 날).

이것을 종합하면 "검은 것은 나쁘고 흰 것은 좋다."라는

무언의 집단 심리가 저변에 깔려 있다는 것을 알 수 있습니다.

마틴 루서 킹 목사의 연설이 생각납니다.
"오늘 저에게는 꿈이 있습니다.
나의 네 자녀들이 피부색이 아니라
인격에 따라 평가받는
그런 나라에 살게 되는 날이 오리라는 꿈입니다."

우리나라에도 다문화 가정이 늘어나고 있습니다.
단일민족 국가로 면면히 내려온 역사를 갖고 있기에
어찌 보면 개방화된 사회보다도 더 편견이 심할지도 모르겠습니다.
화이트하우스 안에서
흑인 대통령이 근무하는 미국이 부러운 이유일 것입니다.

식무구포

바스락거리는 정원 한켠에서
아직도 청초함을 간직하고 피어있는 겨울 장미의
순수하고 단아함,
영하를 견디며 의연함을 잃지 않는 자태에서
가을 애상을 느끼는 한낮입니다.

시린 하늘 모퉁이에
줄지어 비상하는 철새들의 모습
낙엽 위에 떨어진 짧은 햇살.
멀어져가는 가을의 쓸쓸한 그림자를 보는 것 같아
가는 세월이 더 안타까운지 모릅니다.

가끔 시장을 지나다 보면
눈에 띄는 무와 배추가 김장철임을 알립니다.

어렸을 적
학교를 파하고 도시락 숟가락 떨렁거리는 소리에 장단 맞춰
십 리를 걸어 하교하던 길.
마을 어귀에 살이 통통하게 오른 무를 쑥 뽑아
무청을 비틀어 버리고, 손톱으로 껍질을 둥글게 벗겨
입안 가득 베어 먹던 그 달달하면서도 매콤한 맛을
잊을 수가 없습니다.

지금은 가래가 실하게 익어 땅바닥에 뒹굴어도,
선홍색 꽈리가 다발을 이루어 햇살 속에서 영글어가도,
자라나는 세대들의 관심 밖인 것을 보면

세상이 참 살기 좋아졌다는 것엔 이견을 달수가 없습니다.

옛 성현은 食無求飽(식무구포)하며
居無求安(거무구안)하라는 말씀을 자주 하셨습니다.
먹음에 배부름을 구하지 말고
삶에 있어서 편안함을 구하지 말아라.

배부름과 편안함은 누구나 원하는 것이지요.
그러나 달리 생각해보면,
배부른 사람은 남의 배고픔을 외면하기 쉽고
편안함에 길들여진 사람은 자기 안일에 빠지기 쉽습니다.

그것이 곧,
잔잔한 바다에서 위대한 선원이 만들어지지 않은 이유이며,
인생의 고해에서 깊은 고뇌를 가지지 못할 때
생각 없는 후학들이 양산되는 이유입니다.
너무 편해서, 너무 쉽게 살아서,
등 따시고 배불러서 오는
갖가지 삶의 묘미를 맛보지 못한 시대 유감을 밝혀봅니다.

아무렇지도 않게 점·선·면으로 추상화를 그리는 사람도
정밀화를 사실적으로 표현하는 방법을 무수히 연습하여
어느 정도 경지에 오른 이후에야
추상의 깊이가 나온다는 사실을 잊어선 안 됩니다.

오늘 아침 철원의 수은주가 영하 10도 부근을 배회하네요.
추운 날씨에 건강에 유의하시기 바랍니다.

브레인스토밍

일을 핑계 삼아 강릉 경포에 갔습니다.
바다 내음이 물씬한 항구에서
하얀 포말을 앞세우고 끊임없이 밀려오는 파도의 몸짓,
억겁 세월을 한결같은 모습으로 다듬어 놓은 해안선의 멋스러움,
은빛 파도 아래 잘게 부서지는 햇빛,
아스라이 지나가는 고깃배 한 척,
잔잔하게 수면을 가르는 갈매기 떼.
작은 것 하나에도 진한 감동으로 다가오는 있는 그대로의 모습을
가슴에 담고 왔습니다.

鼠鬚筆(서수필)이라는 漢詩(한시)가 있습니다.
붓은 무엇으로 만드는지 아시나요?
대부분 시장에서 파는 것은 흰색 양털로 만든 羊毫筆(양호필)이
랍니다.

붓 중에서 세 번째로 치는 것이
黃毛筆(황모필)이라고 해서 족제비 꼬리털로 만든 붓이고,
둘째로 치는 것이
狐腋筆(호액필)이라 해서 여우 겨드랑이털로 만든 것이고,
최고로 치는 것이
鼠鬚筆(서수필)이라 하여 쥐 수염 털로 만든 붓이랍니다.
이 서수필은 예로부터 서예가로부터 사랑을 받은 물건으로
명필가 왕희지의 『난정집서』가 이 붓으로 쓰였다 합니다.

어렸을 땐 '쥐 잡는 날'이 따로 있었지요.
약이나 덫을 놓아 잡는데,

얄미운 쥐는 잡히지 않고 고양이나 개를 잡은 적이 많지요.

쥐는 곡식을 축내는 것도 문제지만 전염병을 옮기기도 하고
귀중한 책이나 물건을 쏠아서 망가뜨리기도 하며,
밤중에 지붕에서 뛰어댕겨 할 일 없이 잠을 깨우기도 하고
천정 중간에 오줌을 갈겨 지저분한 얼룩무늬를 만들기도 했습니다.
하여튼 하나같이 사람에게 해가 되는 동물인데,
유독 수염만큼은 모아서 붓을 만드는 데 썼다고 하니.
사람도 작은 재능이라도 나름대로 쓸모가 있다는 반증이 아닐는
지요.

또한, 쥐를 무서워하는 사람들도 많고, 혐오스럽게 여기는 사람
도 많습니다.
쥐는 귀여움하고는 거리가 멀지요.
하지만 인식과 발상의 전환은 쥐 캐릭터를 만들어냈고
그 결과 공전의 히트를 친 캐릭터들이 많습니다.
미키마우스, 마이티 마우스, 톰과 제리 등등.

발상의 전환이 얼마나 중요한 것인지 새삼 깨닫습니다.
오픈된 사고와 엉뚱한 상상도 가치 있을 수 있다는 것.
아이들에게 무조건 윽박지를 것이 아니라,
그들의 생각과 꿈을 한 번 더 들여다보고 생각에 날개를 달아주
는 것도
참 중요한 일이라 생각됩니다.

브레인스토밍이라는 것이 있습니다.
창조적 아이디어를 표출해내는 자유 연상법을 의미하는데요.
몇 가지 원칙이 있답니다.
첫째는 상대방이 엉뚱하고 파격적인 내용을 이야기한다고 하더라도
비판하지 말아야 합니다.

비판은 자유로운 생각을 위축시키는 결과를 초래하기 때문이지요.
둘째는 자유분방하게 여러 가지 가능성을 열어놓고
사고하라는 것이지요.

발상의 전환과 상상의 자유로움으로
우리 아이들이 창의적으로 성장하기를 바랍니다.
나목에 겨울바람이 스치던 날에….

흥망이 유수하니

도로변 잎이 진 감나무에 주렁주렁 세월의 흔적이 붉음으로 남고,
푸르름의 자취가 사라진 공간엔
내년을 기약하는 꿈을 간직한 갈색이 자리하고 있습니다.

지난 토요일 나이스(Neis) 강의차 원주에 갔었습니다.
치악산 자락에 자리한 정보원 옆에는 운곡 원천석의 기념비가 있
습니다.

원천석은 원주 원씨의 중시조이고
(원씨는 모두 원주원씨로서 단일본이랍니다.)
여말선초 사람으로
태종 이방원의 스승으로 왕재(王材)를 가르쳤던 사람입니다.

태종은 그를 불러 벼슬을 주려고 여러 번 애쓰고
몸소 치악을 찾아 그를 만나려 하였으나,
불사이군(不事二君)할 수 없다 하여 끝내 벼슬길에 나서지 않고
산속에서 은자로 삶을 마감합니다.
그 꼿꼿한 기품에 절로 고개가 숙여집니다.

요즘은 의리나 지조보다는
순간의 이익과 그로 맺어진 인간관계가
더 중요시되는 것 같아 안타까움이 많습니다.

쉬 덥고 쉬 식는 전기 패널에 익숙해진 현대인들은
군불을 오래도록 지펴 따뜻함이 아침까지 지속되는
구들장의 진중함을 알기 어렵고,

조미료를 이용해 얕은맛을 쉽게 내는 방법에 익숙해지고 나면
오랜 세월 가마솥에서 우러난 진국의 맛을 알기 어렵습니다.

세월 속에서 익어가는 사려 깊음이
참 필요한 때가 아닌가 합니다.

마지막으로 운곡 원천석 선생님의 시구로 메일을 갈무리합니다.

흥망이 유수하니 만월대도 추초로다
오백 년 왕업이 목적에 붙었으니
석양에 지나는 객이 눈물겨워 하노라

* 추초(秋草): 가을 풀, 즉 가을풀이 쉬 마르는 것처럼 세월이 덧없음을 나타냄
* 목적(牧笛): 목동의 피리 소리, 소리는 바로 사라지는 대상임
* 또한, 그의 호인 耘谷은 '김맬 운' 자와 '골 곡' 자를 씁니다. 즉, 농사를 사랑했다는
  것이지요.

또한, 「촌사(촌집)」라는 시도 있습니다.

모래 모아 섬돌 쌓고 짚자리로 문을 삼아
풍경 매단 띳처마엔 대낮도 컴컴하구나.
나라 근본이 쇠잔함 누가 돌아보는 것인가
문득 진작 무릉도원에 들지 못함이 서글프다.

그의 멋스러움을 닮고 싶은 아침입니다.

성어중 형어외

겨울비가 촉촉이 온 산야를 적신 아침
창을 여니 차가운 바람이 상쾌함을 줍니다.
여름내 자리했던 잎들이 자취를 감추고 난 자리엔
앙상한 나목이 힘겹게 겨울을 떠받치고 있습니다.

요즘 남북 관계가 예사롭지 않네요.
방학 때 금강산에 한번 가보려고 작심했는데
요원한 일이 되고 말았습니다.
겨울의 금강산을 개골산이라 했지요.
한자로 쓰면 皆骨山이랍니다.
즉, '모두가 뼈대로 이루어진 산'이란 의미지요.
잎이 지고 난 후 겨울 산에 바위의 멋스러움을 강조한 단어가 아
닐는지요.

어제 책을 읽다가
誠於中 形於外 (성어중 형어외)란 말씀을 발견하였습니다.
사람의 마음 중심에서 구체화된 것이
밖으로 드러나 보인다는 말씀이지요.

외형을 지나치게 강조하는 사회에서
내면을 들여다보게 하는 참 좋은 글이지요.

나르시즘이라고 이야기하는 자아도취는
사람들 누구에게나 어느 정도 갖고 있는 속성이랍니다.
늘 거울을 보며 자기 자신에게 호감을 갖고 있기 때문에
자신과 닮은 이성에게 더 마음이 끌린다고 합니다.

그래서 부부는 닮아있게 마련인 것이고요.

그러나
마음에 들어 있는 것이 밖으로 표출되는
이 誠於中 形於外의 중심은 결코 外에 있지 않습니다.
中 즉 중심, 마음을 얼마나 잘 가꾸어가느냐 하는 것에 있는 것
이지요.

오랜 세월 평화로운 마음과 따뜻한 가슴으로 세상을 살아내면
만년에 고운 늙음으로 되돌려받는 것과 같은 이치입니다.

가로문화와 세로문화

춘천댐에서 초등학교에 다닐 때는 날이 얼마나 추웠는지 모릅니다.
윗목의 걸레가 어는 것은 다반사이고
툇마루에 놓아두었던 이 홉들이 소주병이 얼어 터지기도 했고,
12월 방학 전에는 꽁꽁 언 춘천호수 위를 걸어서 등교하기도 했
는데…
12월 말인데도 비가 내리네요.

오늘은 가로와 세로에 대하여 단견을 피력합니다.
서양언어와는 달리 동양언어는 분절음으로 닮아있습니다.
대표적으로 한·중·일의 언어가 그렇지요.
또한, 그 언어는 세로쓰기가 가능하다는 것이 서양과 다릅니다.

우리나라에선 언제부턴가 세로쓰기가 사라졌습니다.
요즘 신세대는 세로로 쓸 수 있다는 관념이 있는지조차도 모르겠
습니다.
　하지만 일본과 중국은 아직도 가로와 세로쓰기를 병행하고 있
지요.
　일본만화를 보아도 우리나라 책과 반대로 제본되어있는 경우를
종종 볼 수 있습니다.

세로쓰기는 요즘의 글 쓰는 진행방향과 반대랍니다.
따라서 임금이 두루마리 상소를 펼쳐보는 것도
오른쪽으로부터 펼쳐 왼쪽으로 보게 되어 있고요.
사계절을 그린 병풍이 있을 때
오른쪽부터 봄, 여름, 가을, 겨울이 그려져 있는 이유입니다.

꼭 세로를 주장하려는 것이 아닙니다.
우리나라의 옛 그림이나 서예작품이
세로로 긴 것이 유난히 많은 이유가
세로로 세워 쓸 수 있는 문자가 있었기 때문이지요.
가로 본능인 세상에서 옛 작품을 감상하려면
세로의 시각이 절대적으로 필요하답니다.

어찌 보면 가로쓰기가 발달한 서양은 수평적 문화를 만들어내었고,
세로쓰기가 보편화된 동양은 수직적 문화를 만들어냈는지도 모릅니다.
어느 것이 옳고 어느 것이 그르다는
이분법적인 흑백논리의 잣대는 바람직하지 않습니다.

하지만
권위와 위엄에 앞서서 윗사람을 존경하는 예의는
참으로 사회를 훈훈하게 하는 우리의 정서인데요.
요즘은 지나치게 수평을 강조한 나머지
너무 버릇없는 인격체를 양산해내지 않나 하는
자괴감이 들 때가 많습니다.

교무실에 하루 종일 있다 보면
많은 아이들이 들락날락합니다.
노크를 하는 아이는 열 명 중 하나가 될까말까 하구요.
공손히 인사하는 아이도 열에 한둘밖에 되지 않습니다.
심지어는 자기들 언어를 선생님에게 들이대는(?) 학생도 많지요.

영어 문제 하나 더 풀 수 있는 능력을 길러주는 것보다
인격적으로 더 훌륭한 제자를 기르는 것이 훨씬 더 가치 있는 일인데,

출세 지향적 세상에서 정작 어떤 것이 중요하고 중요하지 않은지 본말이 전도된 것 같아 가슴 쓰린 아침입니다.

가로문화의 시대에서 세로문화를 꿈꾸며.

기소불욕물시어인

봄에 화려한 몸짓으로 행복을 한 아름 안겨주던 영산홍이
관리의 잘못인지 아파트 화분에 적응을 못 한 탓인지,
잎에 윤기가 없고, 끝부터 말라 들어가
어제는 화분을 들고 나가 텃밭 한편에 옮겨 심어 놓았습니다.

추운 철원의 12월인데도 땅이 얼지 않아
삽 한 자루로 일을 수월하게 마무리할 수 있었음은 좋았는데,
왠지 계절감을 상실한 것 같아 섭섭하기도 했습니다.

지금 심겨진 영산홍도 자연의 일부로 태어나
한여름의 폭염과 대지를 적시는 단비,
아침을 맞게 해주는 찬이슬, 저녁 석양의 멋스러움
자연이 주는 혜택을 골고루 받고 자랐으면,
참으로 건강하게
한껏 부분 꽃망울로 멋스런 자태를 뽐낼 수 있었을 텐데….

어찌 보면 가까이 두고 완상하고 싶은
사람 욕망의 또 다른 단면이
건조하고 따뜻하기만 한 실내 공간에서
저들을 병들게 했는지도 모릅니다.
식물을 사랑한다 했지만
실상은 그들을 해치고 있었던 것은 아닐까 하는 생각이 들었습니다.

우리의 입장에서 예쁘고 좋은 것을
좀 더 가까운 곳에 두고, 보고 싶은 생각이 앞서
한 번도 식물의 입장을 고려하지 않았던 것을 반성합니다.

세상을 살아내는 것도
자기보다 남의 입장을 먼저 헤아리는 것이 쉽지 않지만,
적어도 최소한의 배려는 꼭 필요한 것이 아닌가 생각합니다.

마지막으로 논어에 나오는 공자님의 말씀으로 메일을 갈무리합니다.
'기소불욕물시어인(己所不欲勿施於人)'
"자기가 하고 싶지 않은 일을 남에게 시키지 말라."

12월 초입니다.
거리엔 자선냄비가 등장하고,
캐럴 송이 울리는 것을 보면
세모가 맞나 봅니다.
건강하고 의미 있게 남은 세월을 마무리하시기 바랍니다.

겨울비 촉촉이 내리는 날.

사랑을 하고 싶으면 왼손을 잡으세요

우리 가족은 오른손잡이 2명에 왼손잡이 2명으로 구성되어 있습니다.
표현대로 하면 좌로나 우로나 치우치지 않는 셈이지요.

저는 오른손을 주로 사용하기 때문에 왼손의 비애를 알 길이 없습니다.
자세히 보면 왼손이라서 느끼는 비애가 많은 것 같더군요.
구약성서는 히브리어로 쓰여졌습니다.
재미있는 것은 히브리어가 왼손잡이에게 아주 적합한 글이라는 것이지요.
즉, 글자가 오른쪽에서 출발해서 왼쪽에서 끝납니다.
왼손잡이에겐 환상적인 언어지요.
하지만 지금은 쓰이지 않는다는 거~.

세계에서 사용하는 언어 대부분은
왼쪽에서 출발하여 오른쪽으로 쓰게 되어있어
왼손잡이에겐 치명적입니다.
가위질이나 칼질을 할 때도 어려움이 많습니다.
그것뿐만 아니라 교통카드 단말기 위치, 가스 밸브 잠그기,
문고리 위치, 컴퓨터에서 매일 사용하는 마우스.
많은 것들이 오른손잡이용으로 나와 있지요

우리는 左와 右를 좌우라고 하지 우좌라고 하지 않습니다.
중요한 부분을 앞쪽에 놓고 이야기하려는 경향이 있기 때문입니다.
큰 아들놈이 고려대를 다니는데,
'연고전'이라고 이야기하면 상당히 언짢아합니다.

자신은 꼭 '고연전'이라고 표현하지요.
좌우는 결국 왼쪽이 더 중요하다는 의미인데,
이것은 음양오행과도 관련이 있습니다.
즉, 왼쪽이 양이고, 오른쪽이 음인 까닭이지요.

인간의 뇌는 좌뇌와 우뇌로 구분되어 있고
좌뇌는 논리적이며, 이성적인 판단을
우뇌는 감성적이며, 예술적인 판단을 담당한다고 합니다.
사람의 신경계는 척추에서 한번 꼬임이 일어나므로
사랑을 하려면 왼손을 잡는 것이 더 유리한 셈이지요.

신체 구조상 다리가 4개 이상 달린 짐승 중에서
다리의 어느 한 부분이 걷는데 전혀 사용되지 않는 동물은
인간밖에 없습니다.
인간이 직립하기 이전엔 가장 방어력이 약한 손쉬운 먹잇감이었죠.
그러나 손이 몸을 이동시키는 일에서 해방되자
도구를 만들어 쓰게 되었고,
먹을 것을 찾거나 싸우는 일에서 해방된 턱은 크기가 줄어들어
언어를 구사할 수 있는 능력을 갖추게 된 것이지요.

그래서 손은 참 위대합니다.

사람에게 손이 있는 이유는 무엇일까요?
"사랑하는 사람이 힘들어할 때 꼭 안아주기 위하여.
어려운 세상 함께 살아가는 사람의 손을 꼭 잡아주기 위하여."
이렇게 대답한다면 비약이 지나친 답일까요?

삼여(三餘)

12월 초! 달랑 한 장 남은 달력을 바라보며
사라지려는 한해의 꼬리를 붙잡고,
왜 그리 여유 없이 살았나 하는 생각을 합니다.

'회남자'라는 책에 다음과 같은 글귀가 있습니다.
'謂學不暇者 雖暇 亦不能學矣'
(위학불가자 수가 역불능학의)
배움에 시간이 없다고 말하는 사람은
비록 시간이 있더라도 배울 수 없을 것이다.

중국의 위지왕숙전(魏誌王肅傳)에는
삼여(三餘: 세 가지의 여유)라는 말도 있습니다.

第一餘는 고된 하루의 일과를 마치고
          저녁 호롱불 아래서 맞이하는 여유로움이요.

第二餘는 봄부터 부지런히 밭을 갈고 씨앗을 뿌려
          풍성한 가을걷이로 곳간을 채운 뒤 맞이하는
          눈 내리는 겨울의 여유로움이며,

第三餘는 궂은 날씨에 바깥일을 할 수 없을 때
          우연히 찾아온 여유로움입니다.

아무리 바쁜 사람이라고 할지라도
입가에 미소를 지어 보일 수 있는 여유가 없는 사람은 없습니다.
아무리 바쁜 사람이라고 할지라도

커피 한잔에 하늘을 바라볼 수 있는 여유가 없는 사람도 없지요.

또한,
살면서 不能과 不爲는 구분할 수 있어야 한다고 생각합니다.
불능(不能)은 확실히 할 수 없는 일이고
불위(不爲)는 할 수는 있지만 하지 않는 것이지요.

우린 어쩌면 능력의 한계를 미리 그어 놓고,
"능력이 안된다."
"재주가 없다."
"바빠서 시간이 없다."
하려는 노력을 밀어두고 할 수 없는 이유를 찾아
자신의 능력을 울타리 안에 감금시켜왔는지도 모릅니다.

성공한 사람들의 공통점은
상황에 대하여 부정적으로 대하지 않고
적극적으로 대처했다는 것입니다.
만약 나의 삶과 성공한 리더의 삶이 다르다고 한다면
나와 그가 처한 상황 자체가 다른 것이 아니라,
그 상황을 어떻게 이겨냈는가의
차이라는 것을 깨달을 필요가 있는 것이지요.

며칠 남지 않은 올해 잘 마무리하시기 바랍니다.

하루 종일 비 내리면 늘 바쁜 일상에서 놓여진 어머니의 말씀.
"오늘은 날 궂이나 할까?" 하며
부침개를 한 소당 부쳐주시던 그때가 그리운 날에….

실천의 리더십

옛날 중국 위나라 장군 오기라는 사람은
가장 높은 장군의 위치에 있으면서도
병사 중에서도 가장 계급이 낮은 자와 의식을 같이 했고,
행군할 때도 수레에 앉지 않았으며,
누울 때도 자리를 깔지 않았고,
외출할 때도 말이나 수레를 타지 않았다 합니다.

한번은 병사의 다리에 난 종기에서 고름을 빨아낸 적도 있지요.
그 말을 들은 병사의 어머니는 대성통곡을 합니다.
이제 아들은 죽은 목숨이라는 것이지요.

어머니의 느낌대로
그 아들은 전쟁터에서 장군의 은혜를 갚기 위해
물불 가리지 않고 싸우다 전사하고 맙니다.
물론 아들의 죽음은 안타깝지만
신뢰를 바탕으로 한 그의 리더십은 참으로 본받을 만합니다.

나중에 위나라의 문후왕이 승리하는 방법을 묻자.
오기는 "위정자가 백성의 생활을 안정시켜 신뢰를 얻는다면
전쟁에서 싸우지 않고도 이길 수 있다."고 말했다 합니다.

고등학교 시절엔 MRA(Moral Rearmament), 즉 도덕재무장이라는
서클에서 활동한 적이 있습니다.
성격상 한번 빠지면 열심히 하는 스타일인지라
서울에서 Sing Out 공연 모임에 참가하였습니다.
그때 MRA 대표가 정준 박사였는데,

회관에 들어서니 연세 지긋한 양반이 팔을 걷어붙이고
커피잔을 씻고 있었습니다.
나중에 인사하는 것을 보니 그분이 대표분이더군요.

열심히 공연을 준비하는 단원들을 대신하여
묵묵히 커피잔을 씻을 수 있는 대표가 참 멋스럽게 다가왔습니다.
잔을 씻는 일은 누구든지 할 수 있는 일이지만,
권위나 위엄이라는 미명하에
허드렛일로 권위를 손상시키기 싫은 사람이 대부분인 사회에서
고정관념을 멋지게 깨준 그분이 오래도록 기억에 남았습니다.

단 일회성인데도 불구하고
장관이 지하철을 타고 출근하면 일간지 1면에 대서특필되는 세상
입니다.
그런 사회에서 장관을 만나려면 관문을 얼마나 통과해야 하는지,
만날 수는 있는 것인지, 참으로 궁금합니다.
하지만 말씀은 장관의 문턱은 높지 않다 하지요.
진정 문턱이 높지 않다면 그런 표현도 필요 없을 것입니다.

무보수로 자전거로 출퇴근하는 유럽의 장관들을 보면서
진정한 권위란 군림하는 것이 아니라, 함께하는 것임을
참된 리더십이란 장막 뒤 높은 권좌에서 생성되는 것이 아니라,
구성원들 사이에서 끈끈하게 맺어지는 것임을 생각합니다.

교사의 직업병 중 하나가 시키기를 좋아한다는 것입니다.
교단에서 걸어 내려가 아이들 속에서 함께 느낌을 공유하고
눈높이를 맞추어 아이들을 더 많이 이해할 수 있다면,
좀 더 좋은 교사가 될 수 있지 않을까 하는 생각을 피력해봅니다.

말보다 실천을 꿈꾸며.

농구 응원

세밑 성탄절 아침
오랜만에 철원 칩거를 깨고
원주로 농구 응원을 다녀왔습니다.

이른 아침부터 식탁에서 부스럭거리는 소리에 잠이 깨었는데
식구들이 응원 도구를 만들고 있었습니다.
유명하고 잘 나가는 선수 이름 대신에
잘 불리지 않는 선수들 중심으로 피켓을 만들었지요.

오후 3시부터 경기가 시작되는데 한 시간 먼저 도착했음에도
이미 많은 사람들이 경기장을 메우고 있더군요.
정말 오랜만에 맘껏 소리를 지르고
경기에 몰입하여 스트레스를 풀었습니다.

그날 치악체육관엔 올 들어 최대 관중인 3,900명이 입장하여
복도, 계단까지 관중들로 넘쳐났는데,
3쿼터가 끝나고 잠시 휴식 시간에
"오늘 열심히 응원한 두 팀에게 피자를 배달합니다."
아나운서의 멘트가 있었고,

잠시 후 치어리더가 피자 판을 들고 2층 우리 쪽으로 다가왔습니다.
거리는 가까워지고 있었지만, 설마 그 피자 주인이 우리가 되리란
것은
상상도 못하고 있었는데,
예쁜 얼굴에 함박웃음을 한 치어리더가 우리에게 피자 판을 건네
더군요.

경기는 1점 차로 석패하여 안타까웠지만
비록 피자 한 판이긴 해도 무언가 열심히 하여 얻은 결과물 앞에서
잠시 행복하였습니다.
같은 일을 하더라도 적극적이고, 기쁨을 갖고 일을 하면
결과가 더 좋을 수 있다는 큰 경험이 되었습니다.

오늘이 12월 30일입니다.
이제 올해도 이틀밖에 남지 않았군요.
올 한 해 동안 제 메일을 사랑해주시고,
열심히 읽어주시고,
가슴으로 답장을 보내주신 모든 분들께
진심으로 감사의 말씀을 드립니다.

천하를 방생하자

날이 조금씩 길어지더니 이제 양지는 제법 따뜻합니다.
아직 봄풀은 기지개를 켜지 않았지만
덤불 밑엔 잠 깬 고들빼기가 하얗게 속살이 올랐습니다.

엊그제 볕이 따사로운 양지에서
겨우내 바스락거리던 쌓인 낙엽을 걷어내고,
막 해토된 땅에서
모진 겨울을 인내한 고들빼기를 한 소쿠리 캤습니다.

잔뿌리를 다듬어 끓는 물에 데쳐내어 초고추장에 무쳐내니
흙 내음 물씬하고 쌉쌀한 것이 참 맛깔스러웠습니다.
또한, 입속에 남은 고들빼기 향이
어릴 적 시골 향수를 한 아름 가져다주었습니다.
식탁에서 성급한 봄을 맛볼 수 있다는 것이 얼마나 행복하던지요.

작은 행복을 주는 자연이 참으로 고맙습니다.
원래 자연은 내 것이 아니었으니
지나가는 계절을 만끽하지 못한들 손해 볼 리는 없겠지만,
주변을 바라보면 널려있는 행복을 만끽할 수 있는 것들이 참으로
많습니다.

욕심을 덜어내고 더불어 하는 삶 속엔
천하를 방생하는 큰 기쁨이 있음을 깨닫습니다.

올해 입춘은 지났지만, 서로를 위하는 마음으로 함께
성장하는 한 해가 될 수 있기를 소망해봅니다.

"나를 비우면 세상은 모두 내 것이 됩니다."
덜 익은 봄 햇살에 자연을 방생하던 날에….

자연

농사를 지어서 만들어낸 음식보다
자연 그대로에서 얻어진 것이 더욱 훌륭한 음식이다.
농사를 지어서 만든 음식 속에는
인간의 욕심이라는 불순물이 들어 있지만,
자연 그대로에서 얻어진 음식물은
오직 신의 사랑 한가지만이 들어 있기 때문이다.

– 이외수 『사랑 두 글자만 쓰다 다 닳은 연필』 중에서

뉘엿뉘엿 해가 기울 저녁 무렵
도피안사 배흘림기둥에 기대어 서서
끊어질 듯 이어지는 풍경소리를 벗 삼아
감로수 한잔에 목을 축이고,
막 잠이 깨려 하는 농촌 들녘 농사를 준비하는 분주한 손길을 봅
니다.

가을을 걷는 손길도 아름답지만
이 봄에 촉촉한 대지를 맨발로 딛고
씨앗을 고르는 농심이야말로 멋스러움입니다.
밀짚모자에 삽을 든 농군이
가슴에 품은 희망이 속내를 드러내어,
검게 그을린 얼굴이지만 환하게 표현될 수 있음이
참으로 행복해 보이는 저녁입니다.

황금색 노을을 등지고
야트막한 산 아래 옹기종기 모여 앉은 집집마다
파란 연기가 바람 잔 하늘을 가르며 모락모락 피어나는 정겨운

풍경은
　이곳에서만 볼 수 있는 한 폭의 그림입니다.

　어려서부터 거름지게와 소꼴베기에 익숙한 삶을 살아와서 그런지 모르지만,
　가끔은 농촌 생활이 그립습니다.
　그땐 너무나 사는 것이 힘들어 주변을 살펴볼 여유가 없었지만,
　지금도 노력한 만큼 잘 사는 세상이 된다면,
　일한 만큼 넉넉한 세상이 된다면,
　가장 부유해야 할 사람이 농민이어야 한다는 믿음엔 변함이 없습니다.

　완전한 자연이 주는 것이야말로 최상이겠지만,
　자연과 순응하며 자연을 일구어가는 순박함이 존재하는 농사꾼이
　회색빛 도시에서 자연의 장막을 떠나,
　인간미마저 상실된 우리의 유리된 삶보다
　훨씬 더 위대해 보입니다.

여행 떠나기

여행은 인생의 나이테를 만드는 작업이다.
봄부터 가을까지 부드러운 살을 찌우다
겨울이 되면 성장을 잠시 멈추고,
안으로 견고해지는 시간
여행은 그렇게 내부로 견고해지는 시간이다.

– 김훈태 『교토 그렇게 시작된 편지』 중에서

지나간 사진을 정리하며
사진 속에 접혀있는 토막 난 시간의 단면을 봅니다.
유난히 여행사진이 많네요.
그 시간을 통하여 다른 세계에 대한 동경과
함께했던 지인들의 면면이 떠오릅니다.
그 생경한 공간에서
약간의 설레임 속에서 나와 다름에 대한 편견을 버리고,
내부로 견고해지는 시간이 되었는가? 성찰의 시간을 가져봅니다.

이 몇 장의 사진이
일상을 떠나 아련한 추억의 뒤안길로 데려다 놓았네요.

올해도 시베리아를 품고
몇몇 지인들과 일상탈출을 꿈꾸어 봅니다.
가끔 삶이 단조롭고 무료해질 때
비록 또다시 돌아올 공간일지라도,
잠시 훌훌 털고 생소한 공간 속에서
객관적인 시각으로 나를 찾는 시간을 갖는 것도 행복한 일입니다.

아직은 삼월이지만
마음은 이미 칠월의 태양 아래
블라디보스톡의 플랫폼에 서 있습니다.

가끔 사랑하는 가족과 여행을 떠나 보세요.
토요 휴무는
그런 의미에서 휴일 이상의 의미를 가져다주지 않을까요?

봄빛 난만한 아지랑이 속을 하루 종일 걷고 싶은 날에….

식구

세월을 이기는 장사 없다더니
어느새 내 나이 지천명을 바라보고 있습니다.
어렸을 땐 많은 식구들로 인하여
배부름의 호사와 배움의 영광을
어느 정도 접고 살아야 하는 시절이 있었습니다.

식구(食口)란 해석하면 '먹는 입'입니다.
가난이 사회의 근간을 이루던 시대에
먹고사는 문제는 해결하기 쉽지 않은 난제였지요.
심지어 입을 줄이기 위하여
사랑하는 자식을 남의 양자로 보내는 사례도 있었으니까요.

입(口)은 사람을 대표하는 기관입니다.
人口가 그렇고,
食口가 그렇고,
糊口(호구, 입에 풀을 칠함)가 그렇습니다.
한솥밥을 먹는 의미의 식구는
먹는 문제로 인해 참으로 끈끈한 단어이기도 하지요.

요즘 주변을 보면 끈끈했던 가족의 관계성이
점점 묽어져 가는 것 같아 안타깝습니다.
가끔 전학 오는 아이를 보면
가족의 해체로 인하여
불행한 삶의 역정이 조부모에게 맡겨진 사례가 드물지 않고,
더 큰 미래를 꿈꾼다지만
기러기아빠로 대변되는

산업사회의 소외된 가장의 축 처진 어깨가 그렇습니다.

인생이 미만백년(未滿百年)일진대
어떠한 가치 이전에
식구는 함께 보듬고, 함께 부대끼며, 함께 의지하고,
같은 공간에서 함께 살아야 할 존재임을 느낍니다.

가족은 행복의 작지만 큰 단위이며
가장 깊은 기쁨의 샘이니까요.

오늘 퇴근하면서 식구들이 가장 좋아하는 것을
한 가지만 사서 들어가 보세요.
행복이란 결코 멀리 있지 않음을 피부로 느낄 수 있지 않을까요?

삼월이지만
이곳엔 아직 꽃소식이 요원합니다.
환절기 건강에 유의하시기를….

이해와 용서

요즘은 온통 야구 이야기입니다.
WBC에서 비록 우승은 놓쳤지만, 준우승이라는 좋은 성적 때문
이지요.

인간에게 있어 경쟁심이란 것은
원시시대부터 혈관에 흐르던 본능 같은 생각이 듭니다.
고대 이집트에서 원형 경기장을 짓고 검투를 즐긴 것에서부터
요즘에 사행심을 부추기는 경마와 경륜에 이르기까지 말입니다.

그나마 요즘은 위험요소를 없애고
잔인성을 배제하면서
규칙을 만들어 즐길 수 있는 스포츠가 있어서 참 좋습니다.

어렸을 때 시골 초등학교 운동회는 많은 것을 가르쳐 주었습니다.
청군 백군으로 갈라져 원수처럼 경쟁하다가도
승패가 결정되면,
승자는 만세를 부르고 패자는 박수를 쳐주는 아름다움을 배웠습
니다.

경기가 모두 끝나고
선생님께선 상품을 하나도 타지 못한 아이들을 찾아다니며
노트 한 권씩 안겨주는 배려도 잊지 않았고요.
정정당당한 이김을 축하해줄 줄 알고
이겼다고 늘 자만하지 않아야 함을 배울 수 있었지요.

인터넷 기사를 접하면서 편향된 시각의 위험함을 봅니다.

이겼든 졌든 간에, 우리 편이든 상대편이든 간에
국가를 대표하여 혼신의 힘을 다하여
치고 달리고 구른 선수들은
승패를 떠나 충분히 박수를 받을 자격이 있습니다.

『꽃들에게 희망을』이란 책이 생각납니다.
애벌레들이 많이 등장하는데요.
그들은 높은 곳을 향하여 오르기 시작합니다.
왜, 무엇 때문에 오르는지 알 수 없고
꼭대기에 무엇이 있는지 알려고조차 하지 않습니다.
방향감 없이 상대방을 짓밟고, 미끄러지고 넘어지며
위로 위로만 향합니다.

한쪽 면만을 보는 시각은 위험하기 그지없습니다.
남을 보는 날카로운 시각으로 자신을 바라보아야 하고
자신을 보는 너그러움으로 상대를 보아야 함을
WBC를 보며 생각합니다.

명심보감 한 구절로 메일을 갈무리합니다.
'責人之心責己 恕己之心恕人'
(남을 책망하는 마음으로 자기를 책망하고,
자기를 용서하는 마음으로 남을 용서하라.)

산수유 꽃그늘 아래서
그래도 일본에게 이겼으면 하는 아쉬움을 달래며.

베블런 효과

베블런 효과란 것이 있습니다.
미국의 사회학자인 Thorstein Bunde Veblen이 1899년에 출간
한 저서
『유한 계급론』에서 처음 제시한 개념으로서
상품 가격이 오르는데도 일부 계층의 과시욕이나 허영심으로
수요가 줄지 않거나 오히려 증가하는 현상을 말합니다.

주변을 보면 아이러니하게도
삶에 필요한 것들은 참으로 저렴한 데 비하여
별 쓸모없는 것들이 매우 비싼 경우를 봅니다.
물, 공기, 햇빛, 바람.
이런 것들이 비싸다면 우리 삶이 얼마나 힘들어질까요?
다행스럽게도
단단한 돌과 비슷한 다이아몬드가, 번쩍이는 구슬과 비슷한 진주가
아주 고가이니 참으로 감사한 일이지요.

비쌀수록 잘 팔리는 물건이 있답니다.
화장품이나 명품 브랜드, 사치품들이 그렇다네요.
'명품의 대중화'란 있을 수 없습니다.
대중들이 다 갖고 다닐 정도면 그것은 이미 명품이 아니란 말씀
이지요.

저는 명품을 좋아하지 않습니다.
아니 좋아하지 않는다는 표현보다는
능력이 없어 명품을 즐길 여유가 없다는 표현이 더 맞을지도 모
릅니다.

다만, 시장에서 산 물건이라도 정갈하게 걸치고 다니는 것이 전부이지요.

요즘 아이들을 보면
일부이긴 하지만 명품병에 걸려 있는 것 같아
안타까움을 느끼게 하는 애들이 있습니다.

어찌 보면 자기 자신을 명품으로 만들려는 노력은 하지 않고,
걸치고 두르는 것만 명품을 찾는 것은 참으로 어리석음이지요.
이들 심리 속에는 남보다 못한 자신의 내면을
외물로 채우고자 하는 기초적 욕망이 자리하고 있음을 알 수 있습니다.

명품으로 겉을 폼나게 꾸밀 수 있을지는 몰라도
결코, 내면을 아름답게 꾸밀 수는 없습니다.

참으로 중요한 것은
보이지 않는 곳에 존재하는 것들이랍니다.

· ·

오늘 또 은행에서 자산운영 보고서가 왔습니다.
욕심부려 넣어둔 펀드가
고등어 펀드가 되더니
이젠 갈치 펀드가 되었네요.
재물 앞에 분수에 어그러지게 욕심을 부리면 안 된다는 진리를
비싼 값을 주고 배우고 있는 중이랍니다.

· ·

* 고등어 펀드: 반 토막 난 펀드
* 갈치 펀드: 세 토막 난 펀드

봄맞이

봄 햇살이 뽀얀 쑥을 살찌우고
해토된 대지에 훈풍이 버들개지를 깨우던 날,
겨우내 묵혀두었던 삽을 꺼내
막 잡풀이 자라기 시작한 텃밭에 섰습니다.

너르지 않은 공간이라
땀이 송글송글 맺힐 즈음
갈아엎은 밭을 맨발로 딛고 서서
대지의 기운을 온몸으로 느껴봅니다.

원래 이곳은 휜한 공터로 척박한 땅이었는데,
부엽토를 섞고 돌을 주워내고 풀을 뽑아주었더니
이제 제법 농토냄새가 납니다.

사랑은 관심이라고 했지요.
옛날 문배마을에 갔던 생각이 납니다.
대학 다닐 무렵 폭포 위에 마을이 있으리라곤 꿈에도 생각지 못
했는데,
산을 넘어 갑작스럽게 맞닥뜨린 마을
봄이었는데 복숭아꽃 흐드러지게 핀 것이
무릉도원이 따로 없었습니다.

가을쯤 다시 방문했을 때
가을걷이 끝난 밭에서 노부부가 풀을 캐고 있더군요.
이유인즉 지금 풀을 놓아두면 씨앗이 떨어져
내년에 김매기가 어렵다는 것이지요.

땅을 아끼고 사랑하는 천 마디의 말보다
그 작은 행동이 가슴에 절실하게 와 닿았습니다.

아이들을 이른 아침부터 밤 이슥토록 콘크리트 건물 안에 붙잡아 두고
지식의 편린들을 머릿속에 꾸역꾸역 밀어 넣는 것보다,
어쩌면 이 봄빛 난만한 대지에서
단단한 땅을 뚫고 나온 여린 잎의 몸짓과
야산에 흐드러지게 피어난 진달래,
온 땅을 수놓은 이름 모를 봄풀들의 향연들을
가슴으로, 온몸으로 느끼며
천지의 구성원으로 살아낼 수 있는
조화로운 심성을 가진 아이로 자라게 하는 것이
차가운 머리에 냉철한 이성도 좋지만,
따뜻한 가슴에 넘치는 사랑을 가진 아이로 성장시키는 것이
더 아름답지 않나 하는 생각이 듭니다.

소외와 왜곡된 가치관을 이야기할 것이 아니라,
교정에 피어난 화사한 목련 한 떨기를 보더라도
부푼 가슴으로, 벅찬 희열로 간직할 수 있는 그런 삶이
더 멋스럽지 않을까요?

벌써 3월도 끝자락만 남았네요.
가는 세월이 참 무섭습니다.

오픈된 사고

무대 위의 배우는 주제와 희곡에 대한 통제권은 없지만
자신의 태도와 감정은 통제할 수 있습니다.
그가 단역을 맡았기 때문에 의기소침할 수도 있고
다른 사람이 주역을 맡았기 때문에 시샘할 수도 있습니다.
하지만 그러한 심리상태가 단역을 맡은 사실이나
주역을 맡지 못한 사실 자체를 변화시킬 수 없습니다.
다만, 그의 행복이 사라질 뿐이지요.
배우가 이러한 감정에서 자유로워질 수 있다면
그는 현명한 사람이 누리는 평정과 행복을 얻을 수 있습니다.
- 『지식 2』에서

제가 사는 이곳 철원엔 영화관이나 소극장이 없습니다.
물론 차를 몰고 서울 쪽으로 가면
포천이나 의정부엔 이런 시설들이 있지요.
하지만 아이들이 밤 열 시 이후에 귀가하는 현실 속에선
이웃도시는 환상일 뿐 큰 의미가 없습니다.
어쩌면 이곳이 아이들을 문화의 불구자로 만들지도 모른다는
생각에 두려움마저 느껴집니다.

문화는 소비자가 있어야 생산됩니다.
따라서 인구가 적어서,
문화의 소비자가 적기 때문에 겪는 문화 실조 현상은
시골살이에서 어쩔 수 없는 현실일 수 있습니다.

학교에서 나름 주어지는 시간이 있다면
체험학습이나 소풍의 기회가 있다면

잘 차려진 문화마당에
아이들을 하루 종일 뛰어놀게 하고픈 생각이 듭니다.

경험의 질이 넓어야 인식의 깊이가 깊어질 수 있고
많이 보아야 많이 생각할 수 있습니다.
생각은 곧 힘이기 때문입니다.
태산에 오르기 전에는 사해의 넓음을 알지 못하고
바다를 경험하기 전에는 너른 세상을 알 수 없습니다.
경험은 가장 가치로운 스승이기 때문입니다.

나이가 들어가면서 가치 획일적이고
고착화된 사고를 하고 있는 자신을 종종 발견합니다.
공부는 책에만 있는 것이 아니라는 평범한 진리를 자주 잊어버립니다.
스스로 아집의 껍질을 깨지 못하면 사유의 오류로 인한 불행한 배우의 모습과 다르지 않다는 것을 깨닫지 못하는 경우가 많습니다.

하지만 여러분들은
항상 여유로움과 넉넉함으로
낭만과 사랑으로 주변과 교감하는 날이 되시기를….

봄빛 난만한 대지를 꿈꾸며.

살구꽃 핀 마을

꽃샘추위 속에서도
돌단풍의 여린 잎이 삐죽이 솟았고
어린 포도송이 같은 꽃이 송골송골 맺혔습니다.
막 개화를 서두르던 목련은
갑자기 찾아온 추위에 잔뜩 움츠려
하얀 속살을 속으로 인내하고 있습니다.

아직도 눈을 들어 먼 산을 보면
등성이에 언뜻언뜻 보이는 잔설이
침묵으로 세월을 지키고 있습니다.

이번 주 일요일이 청명(淸明)이네요.
춘분과 곡우 절기 사이가 청명이지요.
청명은 날씨가 눈에 띄게 따뜻해지고
해토된 밭에선 농사가 시작되는 절기입니다.

청명절 하면 떠오르는 것은 살구꽃이지요.
요즘 도회지 사람들은 벚꽃에 익숙하여
벚꽃과 살구꽃을 구별하지 못하는 경우도 있는데,
시골서 잔뼈가 굵은 사람은 벚꽃과 살구꽃을 쉬 구분할 수 있답
니다.

벚꽃이 순백의 멋스러움이 주를 이룬다고 한다면,
살구꽃은 봉오리부터 연분홍으로 약간의 수줍음을 머금고
새색시처럼 풋풋하고 화사한 귀티가 주를 이루고 있지요.

벚꽃이 사람들에 의하여 조림되고 관리되어온 인위적인 꽃이라면
살구꽃은 산야에 아무렇게나 자라지만
자연의 본성 그대로 봄을 노래하는 자연적인 꽃이지요.

"살구꽃 핀 마을은 어디나 고향 같다.
만나는 사람마다 등이라도 치고 지고
뉘 집을 들어서면은 반겨 아니 맞으리."
이호우님의 「살구꽃 핀 마을」은
그래서 더욱 정감 어리게 다가오는지 모릅니다.

도회지의 건물에도
햇살이 따사로운 창가에도
은총과 같은 봄이 와 있지만,
온통 생명의 소리로 분주한 들로 나가보지 않고는
봄의 진정성을 느끼기엔 부족함이 있습니다.

휴무 토요일은 아니지만
주말을 맞이하여 가족들과
봄빛 난만한 계절 속으로 나들이를 떠나는 것도
이 숨 막히게 아름다운 봄을 멋스럽게 만끽하는 좋은 방법일 것
입니다.

남성이 여성보다 평균 수명이 짧은 것은
여성보다 잘 웃지 않기 때문이며
또한, 여성보다 잘 울지 않기 때문입니다.

호야의 추억

가끔 밤에 모든 불을 끄고 향초를 피워놓을 때가 있습니다.
흔들거리며 애써 어둠을 쫓아내는 모습엔
어린 시절 호롱불의 추억이 짙게 배어 있습니다.

눈을 들어 사방을 보아도 온통 산뿐이고
자고 일어나면 화전 밭일이 기다리는 고단한 삶.
내 유년 시절 기억에 그려져 있는 고향풍경은
시골살이의 팍팍함이 묻어있습니다.

춘천댐 아래 산자락에 안겨있던 오두막집엔
전기가 들어오지 않았습니다.
제가 고등학교 2학년 때(79년)까지도 전기 구경을 못했으니
촌은 촌이지요.
전기 생산 공장인 춘천댐을 코앞에 두고도 전기를 쓰지 못한 이유는
겨우 다섯 집 사는 촌락에
고압 전기를 낮추는 변압기와 전주를 설치할 여력이 없었기 때문입니다.

덕분에 호야는 지겹도록 켜고 살았습니다.
호야에 담긴 불은 아무리 심지 조절을 잘해도 그을음이 많이 생기고
워낙에 얇은 유리로 되어있어 램프를 닦다 보면 깨먹기 일쑤였지요.
나중엔 호야를 파는 곳이 없어, 너무 귀해진 덕에
수험생이면서도 긴 밤의 호사를 누리는 덕도 보았습니다.

나무를 해 때던 그 당시는 석유도 귀해서
장날 연하늘색 소주 대병에 석유를 채워
엎지를세라 조심스레 사오던 기억이 새롭습니다.

호야를 기억하시는지요?
심지를 돋우어도 방안에 어둠을 다 몰아내기가 역부족이고,
벽에 걸어두면 아래쪽에 어둠이 스멀거리고,
사람이라도 지나갈라치면 그림자에 흔들거리는 어둠.
고요한 밤에 호야 불에 의지하여 책을 읽다 보면
춤추는 불꽃으로 인해
온 세상이 함께 얼른얼른한 모습으로 요동치곤 했지요.

가로등이 무엇인지 모르고 살았던 그때는
달빛이 얼마나 귀했는지 모릅니다.
플래시 불빛에 의지하여 바깥출입을 해야 했던 그땐
또 어둠이 왜 그리 무서웠는지 모릅니다.

요즘은 너무 흔해서 탈인 세상입니다.
너무 먹어서 생긴 성인병 때문에 고민이고,
지나친 영양으로 뚱뚱해진 몸매 때문에 고민이고,
너무 갖고 놀 거리가 많아서 책 읽을 수 있는 시간이 없어 고민
이고,
이른 아침부터 밤늦도록 학교와 학원을 전전하며
미처 소화시킬 수 있는 시간도 없이
구겨 넣은 지식이 너무 많아서 고민입니다.

가끔은 두꺼비집 스위치를 내리고 식탁 위에 작은 촛불을 켜두고,
도란도란 정감 어린 대화의 시간을 가져보는 것도
정말 의미 있는 일이 아닐까 하는 생각을 가져봅니다.

디지로그를 꿈꾸던 날에….

* 디지로그: 디지털 시대에 아날로그의 향수를 꿈꾸는 현상

동명항에서

지난 주말 91년 세계잼버리 대회가 열렸던
신평 벌에서 연수가 있었습니다.
설악산 품에 안겨있는 야영장을 보며
산과 계곡, 바다와 호수가 있는 속초라는 도시가
참 부럽다는 생각을 했습니다.

이른 새벽에 해돋이도 볼 겸,
새벽 어시장 구경도 할 겸,
덜 깬 눈을 비비며 동명항을 찾았습니다.
설악산 중턱까지 희끗희끗한 잔설이 보이는데,
산 아래는 벚꽃이 만발하여
두 개의 계절이 공존하는 공간은 참 신비로웠습니다.

찬 새벽바람을 가르고 속속 배들이 입항하고 있더군요.
밤새워 검은 바다와 씨름하며 걷어 올린 삶의 편린들이
노란색 플라스틱 바구니 안에서 파닥이고 있었습니다.
소금기 한껏 머금은 비릿한 바닷내음 속에서
높은 파도와 망망한 대양에서의 외로움.
봄이라지만 매서운 추위와 고된 작업의 피로함이
해풍에 그을린 이들의 얼굴 속에서 읽혀졌습니다.

선원들의 모습을 보면서
사시도 아닌데 위쪽으로만 바라보는 편향된 시각 속에서
남보다 더 갖지 못함을 탓했던 자신이 부끄러워졌습니다.

항구를 등지고 숙소로 돌아오면서

이른 아침임에도 가게 문을 열며 시린 물에 손을 담그고
하루를 시작하는 아낙의 모습과
엑스반도를 차고 거리를 청소하는 미화원의 손길.
도매시장을 분주하게 누비는 아저씨의 바쁜 걸음걸이.
새벽은 이렇듯 삶의 활기로 넘쳤습니다.

동명항 너머 검은빛 바다에서
이글거리며 떠오르는 따뜻한 해를 맞이하며,
내가 가진 것이 비록 적을지라도 참으로 소중한 것임을 깨닫는
소중한 시간이었습니다.

수분지족(守分知足)의 의미를 새기며.

* 守分知足: 분수를 지키면 만족할 수 있음.

제4장
좋은 나무
::::::::::::::::

인간이라는 해충

지난 일요일 화천 용호리로 나들이를 갔습니다.
언뜻 더위가 느껴질 정도로 화창한 날씨에
개나리, 진달래, 벗꽃, 살구꽃, 자두꽃, 꽃잔디, 냉이꽃, 민들레꽃,
제비꽃, 할미꽃, 별꽃, 너도바람꽃, 애기나리….
정말 봄꽃이 많이도 피었더군요.

이른 아침에 어로 활동을 할 겸해서
어구를 둘러메고 강가에 나갔습니다.
작년까지만 해도 호수와 시냇물이 합쳐지는 공간에
피라미, 송사리, 꺽지, 줄종개, 갈겨니, 동자개 등.
떼 지어 몰려다니는 고기를 수확하는 기쁨이 있었습니다.

하지만 개발바람이 불면서
굴삭기를 동원하여 마구 파헤쳐진 강가에
흘러가는 물을 막아 인공으로 낚시터를 만들고,
이리저리 물길을 돌려놓아
그 많던 어족을 한 마리도 구경하기 힘들더군요.

강가엔 청둥오리 몇 마리와 가마우지 떼가
사라진 물고기 떼를 찾아
할 일 없이 부리를 물속에 처박고
배고픈 울음을 토해내고 있었습니다.

자연이 주는 혜택을 뒤로하고
눈앞의 이익만 쫓는 잃어버린 양심 속에서
어쩌면 지구상 생물 중에서

인간이 가장 해로운 해충이 아닐까 하는 생각을 했습니다.

오솔길과 숲길을 걸으면 자연과 대화할 수 있습니다.
우리가 자연에 다가갈 때
자연도 우리에게 다가옵니다.
숲과 나무와 바위들이
수많은 세월 동안 자신들을 향해 걸어온 사람들의 자취를 바라
봅니다.
우리도 그 자연 앞에서
부끄럽지 않게 함께 동화되고 녹아져야 함을
그래서 자연의 일부로 함께 살아야 함을 느낍니다.

오가피나무를 옮겨 심던 날.

벼는 농부의 발걸음 소리를 듣고 자란다

4월 중순이 넘어갑니다.
언제나 먼저 지는 몇 개의 꽃들이 있습니다.
교정을 하얗게 물들였던 꽃들의 향연 속에
호사를 누렸던 목련과 벚꽃이
아주 작은 바람에도 서슴없이 몸을 던지는 꽃잎을 바라보면,
장엄하다 못해 엄숙함마저 느껴집니다.

오후의 따사로운 햇살에 꽃 비 내리던 날
철거된 경원선의 흉터마저 아문 민통선 앞
음식점에 들렀습니다.

이제는 도시에선 보기 힘든 제비 부부가
부지런히 보금자리 보수공사를 하고 있더군요.
뜻하지 않게 마주친 정겨운 풍경에
잠시 세상의 시름을 잊었습니다.

농사가 시작되었네요.
잘 정리된 논에 못자리 설치하는 농부의 손길이 분주하고
물 가둔 논이 만든 거울엔
살구꽃 만발한 산이 거꾸로 박혀 있습니다.
"벼는 농부의 발걸음 소리를 듣고 자란다."라는 말이 있습니다.

아이들도 주변의 관심을 먹고 자랍니다.
우스갯소리지만 성희롱보다 더 무서운 것이
성적 무관심이라고 하더군요.
사랑의 반대말은 증오가 아닙니다.

그건 무관심이지요.

저는 선생님이라는 직업이 참 좋습니다.
아이들 마음 밭을 가꿀 수 있는 기회가 부여되어 있기 때문이지요.
그것이 기름진 옥토가 되었든
풀 한 포기 없는 황무지가 되었든 간에
대지를 촉촉이 적셔 잠든 씨앗을 깨우는 봄비일 수 있는
기회가 주어져 있기 때문입니다.

새벽공기 마시며 출근하는 아침.
선생님이라는 호칭에 부끄러운 자화상을 반성하면서.

계분향 짙던 날

길가에 아무렇게나 피어난 민들레의
노란 향기와 몸짓이 참 곱습니다.
지구상에 불어닥친 이상 열기로 봄을 빼앗긴 지금
4월 중순인데도 벌써 여름 냄새가 납니다.

요즘 농촌엔
삽과 괭이를 들고 농로를 오가며 흥겹게 부르는 노랫가락 대신에
트랙터의 디젤 엔진 소리가 요란하고,
삐죽한 새싹 사이로 퍼질러 앉아 막걸리 사발을 기울이던 논둑 대신
잘 닦여진 도로에 가끔 농기구가 떨긴 흙더미가 농촌임을 일깨워
줍니다.
그런데 예나 지금이나 변하지 않은 것이 있습니다.
봄에 마을마다 짙게 배어있는 인분 냄새와 같은 시골 향이 그렇습니다.

철원에서 김화를 거쳐 화천까지 가는 길은
마현리 지점에 민간인 통제구역을 지나게 되어 있습니다.
물론 군부대의 통제권 아래 놓여있는 곳이라.
초소에서 간단한 입경 절차를 밟아야 들어갈 수 있는 곳이지요.

한참을 가다 보니 갑자기 배에서 신호가 왔습니다.
다급한 상황에 길가에 잠시 차를 세우고
가드레일을 넘으려는 순간
역삼각형 모양의 빨간 표지가 눈에 띄었습니다.
'MINE', 즉 지뢰지대라는 것이지요.

1차적인 생리 욕구를 해결하려다가
가장 소중한 생명을 담보할 수 없는 현실과 맞닥뜨린 셈이지요.

한자로 똥은 분(糞)이라고 씁니다.
이것을 분리하면 米(쌀 미)+異(다를 이)라고 할 수 있지요.
굳이 해석하자면 '다른 쌀'이라는 의미랍니다.
즉, Input 되는 쌀과 Output 되는 쌀이 다르다는 것이지요.
조상들의 익살이 재미있지 않나요?

아울러 오줌은 尿라고 씁니다.
尸는 '주검 시'로서 사람의 몸을 의미합니다.
따라서 尸는 사람의 몸과 밀접한 관계가 있지요.
尸 아래 죽을 사(死)를 쓰면 屍(주검 시) 자가 되고요.
尾라고 쓰면 꼬리를 의미하고(꼬리 미),
屎라고 똥을 의미합니다(똥 시).
그리고 몸에서 물이 나오면 그것이 바로 '오줌 尿(뇨)' 자가 되는
것이지요.

아침에 집을 나서면
갑자기 불어닥친 진한 시골 향에 머리가 아플 때도 있습니다.
하지만 자연에서 얻어진 것이 다시 자연으로 돌아가는 순환구조
속에서
가을의 풍요를 예약할 수 있다면
이 또한 소중한 것이 아닐까 합니다.

계분향 짙은 날에….

'안녕'과 '하세요', '감사'와 '합니다'

111-254 오늘과 관련이 있는 숫자들입니다.
어떤 숫자인지 감이 잡히시나요?
오늘이 4월 21일입니다.
111은 올해가 시작되고 나서 오늘까지 지난 날짜이고
254는 올해 마지막까지 남은 날짜입니다.

하루 자고 일어나면 왼쪽의 숫자는 하나가 늘고
오른쪽의 숫자는 하나가 줄겠지요.
엄연한 하루인데도 그 숫자의 차는 이틀처럼 느껴지네요.

일주일 전에 낙엽을 긁어 태우면서
땅 위에 삐죽이 얼굴을 내밀던 새싹이
단 일주일이 지났을 뿐인데도
20센티가량 자라 왕성한 성장활동을 보였습니다.
세월만 빠른 것이 아니란 느낌이 듭니다.

우리 집 이야기를 하려 합니다.
우리 가족 4명 이외에 올해 새로 생긴 가족 4마리를 소개하지요.
그 중 두 마리는 길이가 손가락만 한 도마뱀이고요.
나머지는 부리가 빨갛게 생긴 귀여운 금정조랍니다.

안사람이 네 마리 모두 작명을 했는데
도마뱀의 이름은 '안녕'과 '하세요'이고요.
새의 이름은 '감사'와 '합니다'랍니다.
온 식구들이 매일 아침 일어나서 이들의 이름을 불러봅니다.
"안녕하세요?", "감사합니다."

처음엔 무슨 이름을 이렇게 허접하게 지었느냐고
핀잔을 주기도 했는데요.
아침마다 이름을 부르다 보면
인사하는 습관과 감사의 염을 생각할 수 있어 좋은 것 같습니다.

한학에서 이름과 관련해 정명론(正名論)이 있습니다.
벼슬 운이 없던 공자에게 제자들이 물었습니다.
"만약 자리가 된다면 어떤 일을 먼저 하겠습니까?"
"이름을 바로 세우는 일을 먼저 할 것이다."
즉, 정명이 중요하다는 이야기지요.
표현하려는 사실의 내용과 성질에 맞게 이름을 지어야
오해와 곡해를 바로잡을 수 있고
그것이 정치의 근본이라는 뜻이지요.

어떤 집은 자녀를 부를 때 이름 앞에 수식어를 붙여 불렀다 합니다.
'마음 씀씀이가 고운 수현이', '생각이 깊은 슬비'
'마음이 깊고 통 큰 재성이'.
그런데 놀랄만한 일은
이름을 부르는 대로 성격이 비슷하게 성장했다는 것이지요.

입으로 표현하는 것이 중요합니다.
매일 죽겠다, 죽겠다 하면 그만큼 삶이 괴로워지는 것이고,
오늘은 이것 때문에 즐겁고 내일은 저것 때문에 즐겁다 하면
매일매일이 즐거운 것이지요.

요즘 아들놈이 공부보다는 게임에 관심이 많은 것 같습니다.
다음번에 무언가 애완용을 사면
'공부'와 '합시다'라고 이름을 지어야 할까 봅니다.

노방생주

온 동네를 환하게 수놓던 봄꽃의 향연을 뒤로하고
산자락 아래를 온통 흰색으로 수놓은 배꽃이 한창입니다.

노방생주(老蚌生珠)란 말씀이 있습니다.
"늙은 조개가 진주를 품는다."란 말씀이지요.
즉, 경험이 가치 있음을 일깨워주는 글이랍니다.
같은 의미로 노마지지(老馬之智)라는 말씀도 있어요.
'늙은 말의 지혜'란 뜻인데, 거기엔 다음과 같은 고사가 숨어 있
지요.

춘추시대 제나라 환공이 고죽(孤竹)이라는
작은 마을을 정벌하러 갔을 때의 일입니다.
공격을 시작했을 때는 봄이었는데, 돌아올 때는 겨울이 되어
악천후 속에 길을 잃게 되었습니다.
이때 관포지교로 유명한 관중이 이렇게 말합니다.
"이럴 땐 늙은 말의 지혜가 필요하다."
그러고는 늙은 말 한 마리를 풀어놓고 뒤따라갔지요.
그러자 과연 큰 길이 나타났다는 것입니다.

변화가 너무 빨라서 탈인 세상을 살면서
경험의 가치보다 변화에 대처하는 순발력이
더 인정받는 것 같아 때론 안타깝기도 합니다.
그런 이유로 연로한 사람들이 존경받지 못하는 시대가 되었습니다.

우리도 현재는 얼굴이 팽팽하고 천 년 만 년 살 것 같은 자신이
있지만

어찌 되었든 인간은 영원한 삶을 약속받지 못한 시한부 인생이고,
누구나 세월이 가면 늙음이라는 것이 예약되어 있다는 것은
피할 수 없는 진리입니다.

노인의 정의는 무엇일까요?
노인은 몇 살이 되어야 노인이라는 규정이 없습니다.
이는 마치 "대머리는 공짜를 바란다."는 명제에서
이마로부터 몇 센티 이상 벗겨져야 대머리인지 규정이 없는 것과
같으며,
"키 큰 사람은 싱겁다."라고 할 경우
몇 센티 이상이 되어야 큰 축에 속하는지
명쾌하게 답할 수 없는 것과 같습니다.

늙음은 생물학적인 나이의 수치로 존재하는 것이 아니라,
더 이상 미래를 향해 나아가고자 하는 의지가 없을 때라는 표현이
맞는 것 같습니다.

수학여행 가면서 아이들과 같이 줄 서고
같은 식탁에서 같은 반찬으로 함께 먹는 것이
떳떳하고 가치 있는 일인 줄 알았습니다. 그런데
세월이 흐른 뒤에 아이들과 어깨를 나란히 할 수 있는 평등은 좋
았으나,
어느 순간에 자기들과 동일시하는 아이들의 눈높이 속에서
교사 이전에 어른으로서의 위엄을 상실하는 것 같아 슬펐습니다.

우리나라도 이제 초고령화 사회에 접어든다 합니다.
내가 걸어간 곳이 뒤에 오는 사람에겐 길이 됩니다.
왕위를 물려주고 여생을 지내는 왕을 상왕이라 합니다.
또, 그 위의 왕을 태상왕이라고 하지요.
그 단어 속에는 최고의 존경과 위엄이 들어 있지요.

이 땅에 존재하는 노인 또한 가장 존경받아야 할 어른임에는 틀림이 없습니다.

인생에서 브레이크가 필요할 때

어젯밤 버스 브레이크 파열 사고로
무고한 시민 7명이 세상을 달리했네요.
그분들의 명복을 빕니다.

차는 달리는 것만큼 서는 것이 중요합니다.
위급한 상황에서 0.1초가 생사의 운명을 바꿀 수도 있거든요.
이렇게 중요한 브레이크인데
우린 엔진을 비롯한 속도를 내는 것에 신경을 쓰고
정작 브레이크는 간과할 때가 많습니다.
빨리 달리기 위한 욕망은
반드시 먼저 제대로 멈추는 것이 갖추어진 이후에 성사되어야 합니다.

우리 인생에서도 브레이크가 필요할 때가 많습니다.
더구나 자신이 잘 나가고 있다고 느껴질수록 더욱더 그렇지요.

주역에 항용유회(亢龍有悔)라는 성어가 있습니다.
"하늘 끝까지 올라간 용이 내려갈 길밖에 없음을 후회한다."
이런 의미지요.

성공하여 부귀영화를 얻은 사람은 더욱 조심스럽게 처신해야 합니다.
높은 지위에 오르고 나면 후회할 일이 생기는 것을 조심해야 합니다.
욕심에 한계가 없으면 반드시 화가 따르기 마련이지요.

가끔은 인생에서도 브레이크가 있어야 행복해질 수 있습니다.

산간계곡의 가재

평화롭던 시절
그들이 나타나 우리들의 평화는 산산이 깨어져
어금니는 그들의 건반, 도장, 담뱃대가 되고,
귀는 그들의 식탁 마감재가 되고,
다리는 그들의 한 끼 별미가 되었다.

사라져가는 대신
가격을 갖게 된 생명들.
더 빨리 사라질수록
더 높은 가격을 갖게 되는 생명들.

요즘 읽고 있는 책의 한 구절입니다.
지구상에 환경과 공존하면서
자연과 동화되어 살아가는데 가장 최적인 인간 개체는
약 3억 마리(?)라는 설이 있습니다.

그 인간 개체가 70억이 너머서
발길 닿는 데마다 산을 깎고, 강을 막고
바다를 메워 도시를 만듭니다.

배고프지 않아도 고기를 잡고 사냥을 하며,
넉넉한 재산이 있는데도 창고를 짓고 재물을 쌓아두며,
심한 개체는 동족을 해치면서까지 자신의 욕망을 채웁니다.
그들은 간교하게 남을 속이길 잘하고
욕망이라는 전차에 탑승하여 끝을 모르고 달려갑니다.

개발과 보존논리는 공존할 수 없습니다.
편리성을 앞세운 개발 논리가
보존논리보다 가치 있게 여겨져 온 것이 사실입니다.

새들이 떠난 자리는 적막합니다.
동물이 자취를 감춘 자리는 삭막하기 그지없습니다.
자연에서 사라진 동물을 우리에 가둬놓고
불행한 삶을 살고 있는 그들을
동물원에서 구경해야 하는 현실이 왠지 모르게 슬퍼집니다.

어릴 적 산간계곡에 흐르는 시원한 물속에
돌만 들추면 싱싱한 가재가 잡혀 올라왔던,
그 시절이 무척 그립습니다.

금정조 기르기

생텍쥐페리의 『어린 왕자』에서처럼 무언가를 기른다는 것은 관계를 맺는 것이며, 관계란 심정적인 관심을 동반합니다.

금정조는 오스트레일리아 산(産)으로
부리는 립스틱을 발라놓은 것처럼 붉고
깃털의 색깔이 고상하며 활동적입니다.
우는 소리도 고상하고 아름다운 새이지요.

엊그제 암컷이 수컷의 꼬리를 물고 잡아당기고
깃털을 쪼아대는 등 상대방을 괴롭게 하더니
오늘 아침 한 마리가 죽었습니다.
(죽은 놈의 이름은 '감사'가 아니고 '하세요'이네요. ㅠㅠ)

관리 소홀인가 하여 판매처에 전화를 드렸더니
발정기 때 암놈의 요구에 응하지 않아서라네요.
암놈이 수놈을 괴롭히더니
결국, 수놈의 죽음에까지 이른 것이지요.

거참! 새장 안에 두 마리밖에 없는데,
상대방의 요구에 응해주는 게 뭐 그리 어려운 일이라고.

하여튼 새를 기르면서 다시 한 번 인간사를 돌아보는 아침입니다.

상대에게 잘해주세요~!

촌지를 받았습니다

오월이네요.
라일락 향기 가득하고, 장미의 꿈이 영그는 참 좋은 계절입니다.
달력을 펼쳐보면 기념일이 굵은 활자로 촘촘히 박혀있는 것도
오월의 특징입니다.

요즘 수업시간에 종종 촌지를 받습니다.
촌지(寸志)라는 표현은 본래의 취지와는 달리
좀 억울한 누명을 쓰고 있는 단어지요.
그래서 제가 촌지를 받았다고 하면
악덕교사이거나 아님 교육자적 자질이 약에 쓸려 해도 없는
어쩌면 이 사회에 불필요한 잉여 인간이라고 볼지도 모릅니다.

촌지의 사전적 풀이는 이렇습니다.
'정성을 드러내기 위하여 주는 돈이나 마음이 담긴 작은 선물'
비슷한 말: 촌의(寸意)·촌정(寸情)
물건의 값어치는 고하 간에 감사의 염이 깊으면 촌지이고,
무언가를 주고 눈곱만큼이라도 자신의 이득을 취하려고 했다면,
이는 뇌물로 보는 것이 옳지 않을까요?

요즘 수업에 들어가면
교탁 위에 사탕 두 개, 몽쉘 하나, 커피 한 캔,
자기들이 좋아하는 과자류.
이런 것들이 종종 올라와 있습니다.
아이들이 준비한 촌지이지요.
예전 스승의 날 때
시골 아이들이 산나물을 뜯어다 예쁘게 포장해서

선생님께 선물한 것을 본 일이 있습니다.

어찌 보면 감사할 수 있는 대상에게 감사를 표할 수 있다는 것은 우리가 가진 소중한 정신문화의 하나일 텐데요.

작은 감사마저도 눈치 보며, 할 수 없는 현실이 우리를 슬프게 합니다.

10억을 꿀꺽한 공무원과 10만 원 촌지를 받은 교사가 같은 죄로 동일시되는 사회입니다.

교사에게 유난히 도덕적인 것을 요구하는 것은 사회의 리더이며, 이 시대에 마지막 남은 양심이기 때문이 아닐까요?

요란하지 않게 마음으로 함께할 수 있는.

비록 작더라도 소중한 느낌으로 함께할 수 있는.

우리가 되었으면 하는 소망을 담아봅니다.

스승의 날을 며칠 앞두고.

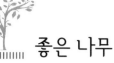

좋은 나무

올해 농장 귀퉁이를 분양받아 밭을 일구고 있습니다.
휴일이면 농장으로 달려가 속살이 드러난 맨땅을 밟아도 보고
만져도 보고, 어르기도 하면서
땅의 진정성을 온몸으로 느끼는 시간을 갖지요.
남들이 보기에 작은 공간이지만
텃밭은 땀의 소중함과 노동의 신성함을 가르쳐주는 교실이며,
심겨진 작물은 생명의 중요함을 일깨워주는
소중한 존재이기도 합니다.

호박, 가지, 아욱, 총각무, 열무, 옥수수, 서리태….
작은 밭이지만 가지가지 뿌려 놓으니
씨 뿌림만으로도 이미 부자가 된 느낌입니다.
씨앗을 뿌리기 전에는 일기예보를 건성으로 들었었는데,
작물과 관계를 맺고 나니 가뭄은 타는 목마름으로 다가오고
내리는 비는 참으로 고마운 존재로 느껴집니다.

많이 거두려는 욕심 이전에
그 어린싹들이 햇볕 아래 목말라지는 않을까?
옮겨 심은 것들이 힘들어하지는 않을까?
생명과 함께하고 있다는 느낌이 절실하게 다가오네요.

식물을 대하면서
지나치게 관심을 가져 거름이나 물을 너무 많이 주어도 안 되고,
관심 밖의 소홀함으로 거들떠보지 않아도 안 되는
中庸(중용)의 道를 배웁니다.

한자에 과유불급(過猶不及)이라는 성어가 있습니다.

많은 사람들이 "지나침은 모자람보다 못하다."라고 잘못 이해하고 있는데,

실제로는 "지나침과 모자람은 같다."라는 뜻이랍니다.

즉, 지나침, 모자람 둘 다 좋지 않다는 양비론이지요.

사람을 가르쳐 기르면서도 지나침과 모자람의 병폐 없이

바른 인성을 갖고 성장할 수 있도록 돕는 것

결국, 교육이라는 것이 얼마나 어려운 일인가를 새삼 깨닫습니다.

좋은 나무는 쉽게 자라지 않습니다.

하지만 잘 자란 나무는 넓은 그늘로 많은 것을 품어내지요.

오월의 햇살이 따사롭습니다.

이 햇살 아래 신의 축복처럼 자라는 식물들이 참으로 놀랍습니다.

나무를 심는 마음으로 아이를 대할 수 있기는 소망하면서.

서리태

엊그제는 개교기념일이라,
남들 다 일하는 평일임에도 집에서 쉬는 호사를 누렸습니다.
한줄기 비가 내린 후라
심어놓은 작물이 얼마나 컸을까? 하는 부푼 기대감으로
농장을 찾았습니다.
삐죽이 나온 옥수수는 이젠 잎이 4~5장으로 자랐고
총각무와 열무는 떡잎만으로는 구분하기 어려웠는데,
이제 확연히 구분되도록 성장하였습니다.

참 재미있는 것은
씨앗을 뿌려놓은 곳에는 어김없이 싹이 돋고 있다는
위대한 생명 질서이지요.
검은콩이 좋다 해서 '서리태'를 세 고랑이나 심었는데,
삐죽이 돋아난 여린 싹을 산비둘기가 다 파먹어 못쓰게 되었네요.
열심히 심었는데 산비둘기에게만 좋은 일이 되었습니다.

봄엔 먹을 수 있을 정도로 성숙한 열매가 없으니
저놈들도 꽤 팍팍한 세월을 인내하고 있을 것이란 생각에
남은 옥수수 종자를 먹기 좋게 흩뿌려주었습니다.
취미로 가꾸는 여유로움이지요.
만약 생업이었다고 한다면
비둘기를 대하는 태도가 많이 경직되었겠지요.
결국, 콩을 포기하고 그곳에 배추를 심었습니다.
일주일 후면 클로버 모양의 쌍떡잎이 대지를 뚫고 삐죽이 올라온
배추의 어린 모습을 볼 수 있겠지요.

흙엔
생명이 숨 쉬는 희망과,
진정성을 저버리지 않는 정직과,
땀의 의미를 수십 배로 돌려주는 믿음과,
왠지 모를 포근함이 있습니다.

올여름
옥수수가 토실토실하게 익으면
그 진한 맛의 감동이 있는 이곳으로
더위를 싹 가시게 만드는 래프팅 현장인 이곳으로
여러분을 초대할까 합니다.

넉넉한 마음과 쫓기지 않는 시간
따뜻한 정(情)만 챙겨오세요.
그리고 삶의 무거운 짐을 잔뜩 지고 와서
시원한 이곳에 부려놓고 빈 마음으로 돌아가시기 바랍니다.

흙 묻은 손을 털고 컴퓨터에 앉아서.

겸손과 사양의 미덕

옛날에 맹자반이라는 장수가 있었습니다.
생사의 갈림길인 전쟁터에서
퇴각할 때가 가장 위험한 일인데,
맹자반은 일부러 후미를 맡았습니다.
전쟁이 끝나고 성으로 돌아온 맹자반은
"내가 감히 후미를 맡으려고 하지 않았는데,
말이 나가지 않아서 뒤처졌다."라고 아룁니다.
스스로 겸손과 사양의 미덕을 보인 셈이지요.

욕심을 채우려 없던 공도 만들고
남의 공도 가로채 자기 것으로 만들려는 세상입니다.
그러나 그런 마음을 가지면 지혜가 밝아질 수 없습니다.
결국, 자충수에 빠지거나 화를 자초하기도 하지요.
욕심이 없어야 겸손할 수 있으며
욕심이 없어야 지혜가 밝아질 수 있습니다.

유비는 임종 무렵에 왕권을 제갈량에게 물려주려고 무던히 애썼습니다.
하지만 제갈량은 좀 아둔해 보이기까지 한 유선(유비의 아들)을 받들고
스스로 왕의 권좌에 오를 욕심을 갖지 않았습니다.
제갈량의 명석한 판단은 이렇게
무사(無私)한 마음에 기초한다고 할 수 있습니다.
무사하기 때문에 공평할 수 있고
공평할 수 있기 때문에 이치가 밝아질 수 있는 것이지요.

물론 세상은 참으로 불공평하기 짝이 없지요.
선택권 없이 태어난 집의 빈부 차이가 그렇고요.
꼭 노력에 비례하지 않는 삶의 질이 그렇고요.
저마다 하늘이 부여해준 소질의 차이가 그렇습니다.
하지만 우린 사람을 대할 때 공평하려고 애써야 합니다.
그것이 합리적인 판단을 하는 지름길이요,
윗사람에겐 깊은 신뢰를….
아랫사람에겐 범접할 수 없는 존경을 받는 첩경이기 때문입니다.

無慾과 無私로 멋진 삶을 영위하시기를….

가정의 달인 오월 하순입니다.
좋은 집을 지으려 하기보다는
좋은 가정을 지으시기 바랍니다.

시각으로부터의 자유

쾅—! 우르르~.
이곳에 와 살면서 친밀하게 듣는 소리입니다.
처음엔 밤새 천둥소리에 비가 많이 왔나 보다 했는데,
햇살 쨍쨍한 아침을 맞이하고는 혼란스러웠었습니다.
그것이 포성이라는 것을 인식하기엔 그리 오랜 시간이 걸리지 않
았지요.

민통선을 지척에 두고
지뢰지대란 푯말을 흔하게 볼 수 있고,
전차 저지선이 장막처럼 겹겹 한 이곳 생활도
벌써 4년이 넘어갑니다.
들리는 소문으로는 대전차지뢰를 옮겨와
신발을 벗어놓는 댓돌로 사용하고 있다는
할머니의 이야기가 있는 것으로 보아,
사실의 진위 이전에 접촉지역의 아픔이
곳곳에 배어있음을 알 수 있습니다.

우린 어쩌면 미국 중심의 가치 편향적인 사고를 하는 경우가 많
습니다.
서구를 향한 막연한 동경이 이를 더 부채질하지요.
역사는 사실로 존재하는 것이 아니라
그를 둘러싼 입장으로 출발하는 해석으로서 존재하는 것이지요.
교과서에 보면 십자군 전쟁이 상당히 미화되어 있습니다.
하지만 침략을 당한 아랍의 입장에서 보면
무자비한 살육을 동반한 무모한 전쟁일 수 있습니다.

요즘 들어 잠시 잠잠한 중동지역도
우린 미국과 동맹인 관계로 이스라엘에 심정적 지지를 보내고 있지만,
그곳을 여행하고 온 사람들의 전언에 의하면
팔레스타인이 핍박으로 인해 얼마나 비참한 상황에 놓여있는지,
그들이 어떤 비인간적인 대접을 받고 있는지,
입장에 따라 진실이 눈을 감는 현실을 봅니다.

최근 이라크 전쟁도
명백한 미국의 침략전쟁임에도 불구하고
몇 안 되는 미국의 사망한 병사에게는 애도의 염을 보내면서,
할 일 없이 죽어가는 무수한 이라크 병사에 대해서는
추모의 글 한 줄 없는 가치 편향적인 사회임을 봅니다.

상대방을 논하기 이전에 자신을 돌아보는 객관성과
동전의 앞뒷면과 같이,
이쪽이 있으면 저쪽의 입장도 있다는 가치 중립적인 사고가
참으로 필요한 때가 아닐까 합니다.
깊이 있는 생각과 올바른 판단이 참으로 중요합니다.

요즘 들어 사회에 이슈가 되고 있는 현상이 많이 발생합니다.
대통령 서거가 그렇고, 철없는 북한의 행동이 그렇고,
입장에 따라 파업과 직장폐쇄로 맞서는 일자리의 현장이 그렇습니다.
인터넷 댓글을 접하면서
침묵하는 다수도 무섭지만, 생각 없이 배설하는
가치 편향적인 글이 참 많은 것 같아 가슴 아픈 아침입니다.

오늘은 易地思之란 말씀으로 메일을 갈무리합니다.
오늘도 많이 웃음으로 행복한 하루 보내세요.

생각의 차이

여러분에게 '원숭이', '판다 곰', '바나나'를 제시하고
같은 부류로 생각되는 것을 묶으라고 한다면,
대부분 '원숭이'와 '바나나'를 선택할 가능성이 높습니다.
원숭이가 바나나를 좋아하기 때문이지요.
이렇게 동양사람들은 관계론에 기초한 사고를 합니다.

같은 질문을 서양 사람에게 한다면
대부분 '원숭이'와 '판다 곰'이라고 답할 것입니다.
둘 다 동물이기 때문이지요.
서양인들은 관계론보다는 각 개체가 갖고 있는 속성을 분류하고
분석하려는 성향이 강하기에 나타나는 현상입니다.

차이란 差異라고 씁니다.
'남들과 다른 어떤 속성'을 의미하는 것이지요.
남과 다르다는 것은 꼬리 없는 원숭이 집단 속의 꼬리 달린 원숭
이로
군집과 소외된 반보편성의 원리로 다가오기도 하고,
다른 사람 앞에 나를 드러낼 수 있는 긍정적 의미로 해석되기도
합니다.

문명의 발달은 작은 차이에서 시작되었다고 할 수 있습니다.
비교란 결국 차이를 잣대로 재는 작업이지요.
무리하면 불행해질 가능성이 높지만,
긍정적으로 내면화하면 자기 발전의 원동력이 될 수 있습니다.

사람의 기본은 다름에 있습니다.

최첨단을 걷는 현대도 소품종 대량생산에서
다품종 소량생산으로 급격히 옮겨가는 이유가
다름을 통해
자신만의 가치 있음을 드러내려는 속성이 있어서가 아닐까요?
나와 다른 것을 인정해야 합니다.
나와 생각이 같지 않다고 해서 쉽사리 매도해서도 안 되고
나는 찬성하는데 상대방이 반대한다고 해서
함부로 욕보여서도 안 됩니다.

하루에 서너 시간은 인터넷 공간에 있는 것 같은데,
차이를 인정하지 않고
다름을 인내하지 못하고
정제되지 않은 언어로 상대방을 비난하고 헐뜯는 말로
마구 도배해놓은 게시판들이 넘쳐 남을 봅니다.

말로 비난하기는 쉬워도,
글로 표현하기는 쉬워도,
행동으로 그것을 실천해 보이기는 어려운 것이 현실입니다.

차이를 인정할 때 진실이 보입니다.

곰배령

지난 일요일 점봉산 옆 곰배령에 다녀왔습니다.
곰배령은 1,164m로 인제군 기린면에 위치하고 있는데
정상의 넓은 초지에 야생화가 군락을 이룬 곳이라,
세계 유네스코에서 문화유산 보호구역으로 지정받은 곳이랍니다.

맑은 하늘에 이마를 간질이는 시원한 바람.
속살 내비치는 투명하고 깨끗한 물.
좋은 사람들과의 산행은 언제나 즐겁습니다.

곰배령은 멀리서 보면
곰이 배를 드러내고 누워있는 모습이라 하여 붙여진 이름이랍니다.
그 배의 위치가 야생화 군락지이지요.

철마다 피는 꽃이 다른데, 6~9월 사이에
가장 많은 꽃을 볼 수 있다더군요.
한 가지 아쉬운 점은 인간과 산짐승의 엇갈린 행보였습니다.
자연을 훼손함으로 얻어진 결과물로 살아온 인간은
이제 자연을 보호하려고 애쓰고 있는데,
이미 산의 주인이 되어버린 멧돼지 떼가
정상부터 산 아래에 이르기까지 땅을 마구 헤쳐서
보호지역이 무색할 정도로 많이 훼손되어있는 것이 안타까웠습니다.

숲 해설가와 함께한 산행으로
삿갓나물, 쥐오줌풀, 동자꽃, 이질풀, 모데미풀.
기억할 수 없는 다양한 꽃의 향연을 즐길 수 있음이 좋았습니다.

꽃 이름을 접하면서 산야에 이름 없는 들풀은 없다는 소박한 진실을
깨달았습니다(一物一名).
꽃의 이름은 어떻게 붙여질까요?

꽃 이름에는
개망초, 참꽃, 돌단풍, 왕벌꽃, 좀민들레, 민눈양지, 갯미나리처럼
개-, 참-, 돌-, 왕-, 좀-, 민-, 갯 등의 접두어가 붙기도 하는데

참-은 원형에 가깝고 순수한 것,
개-와 돌- 은 원형에 비해 품질이 좋지 않거나 모양이 다른 것,
왕-은 원형에 비해 큰 것,
좀-은 원형에 비해 작은 것,
민-은 밋밋하거나 털이 없는 꽃 모양,
갯-은 냇가나 바닷가에 자라는 꽃의 이름에 쓰인답니다.

또한, 다른 접두어로는
하늘말라리아처럼 하늘-이 붙은 것은
꽃이 하늘을 향하고 있는 꽃에 붙여진 것이며,
나도밤나무, 나도하늘말라리아처럼 나도-가 붙은 것은
꽃의 원꽃과 비슷한 아류라고 볼 수 있지요.

정원에 잘 가꾸어진 꽃들도 아름답지만
산야에 지천으로 스스로 피고 스스로 지는
자연 그대로의 야생화야말로
순수 그대로의 아름다움입니다.

유월의 시작입니다. 항상 건강하시길 기원하면서.

곰배령 산행 후 지친 여독을 달래며.

새는 좌우의 날개로 납니다

불을 끄고 자리에 누우면
먼 논에서 개구리 울음소리가
아련하게 들려옵니다.
어머니의 자장가 같은 정겨운 소리를 베개 삼아
울음소리가 날라다 준 추억에 잠겨 잠들 수 있다는 것은 행복입
니다.

분주하던 논에 기계 소리가 멈춘 건
모내기가 끝났다는 의미일 것입니다.
우린 너른 들에 그득한 파란 물결을 보고
'논은 푸르러야 멋있다.'라고 감상에 젖지만,
농부는 푸른 논 안에서 중간중간 뜬 모 때문에
다시 심어야 하는 공간을 봅니다.

우리는 밭에서 실하게 자란 배추와 열무를 보지만
농부는 벌써 농작물보다 실하게 자라난 잡풀을 봅니다.
입장에 따라 보이는 것이 다른 셈이지요.

상추를 잘 길러 이웃에게 "마음껏 뜯어다 드세요." 했을 때,
주인은 상추를 뜯으면서 잡풀도 뽑지만
이웃은 잡풀은 안중에 없고 상추만 뜯습니다.
그러한 사실이 나쁘다고 말하는 것이 아닙니다.
입장에 따라서 나타나는 행동이 다르다는 이야기를 하고 있는 것
이지요.

아이가 뒤뚱거리다가 작은 돌부리에 걸려 넘어집니다.

그러면 엄마는 얼른 아이를 추스르며 죄 없는 돌멩이를 나무라지요.
"이놈의 돌멩이 왜 남의 귀한 자식을 넘어뜨려~!"
아이는 자기 잘못을 깨닫는 분별력을 가질 기회를 상실하게 되고,
그렇게 자란 아이는 모든 것을 남의 탓으로 돌리게 되는
자기중심적인 어른이 되어버리기 십상이지요.

입장에 따라 달라지는 것이 세상입니다.
내 입장만 고수하면 팍팍해질 수밖에 없는 것 또한 세상입니다.
새는 좌우의 날개로 하늘을 납니다.

살구씨 여물어가는 6월의 초입에….

자연은 그대로가 스승입니다

푸른 햇살 아래 식물이 무럭무럭 커가는 것을 보면
세월이 가져다주는 성장의 힘이 참으로 대단함을 느낍니다.
유월의 햇살 아래 살구가 밤톨만 하게 자랐고
매실은 햇살을 담아 수확이 가능할 정도로 여물었으며,
완두콩과 이제 막 꽃이 피기 시작한 어린 고추가
열매 맺기에 분주합니다.

이맘때쯤 날이 점점 길어지면
암탉이 노란 병아리 떼를 줄줄이 데리고 다니고,
할 일 없는 장닭은 두엄을 헤집고,
열 손을 보태도 바쁘기만 한 농촌이지만
소외된 아이들의 하루는 길기만 합니다.

무료한 시간을 달래기 위하여
개울가를 뒤져 가재를 잡기도 했고,
뒷동산에 올라 잔디 싹이며, 삽추 싹을 뜯기도 했고,
싸리 가지에 쌀포대 꿰맨 실을 뽑아 엉성한 낚싯대를 만들어
눈먼 물고기 사냥에 푹 빠지기도 했습니다.

요즘 아이들을 보면
학교와 학원을 전전하느라 무료할 시간 자체가 주어지지 않았고,
어쩌다 시간이 나면 자연과 함께하는 것이 아니라
컴퓨터 앞에서 시간을 보내고 있어,
자연의 품 안에서 정서적 안정을 추구할 수 있는 기회가 없음이
안타깝습니다.

자연보다 위대한 스승은 없습니다.
땀의 소중함을 일깨워주면서도
참으로 정감 어리고 푸근한 대상이기 때문이지요.
자연은 배움에서 참 중요한 부분임에도 불구하고
활자화된 책에서 살아있지 못한 모습으로
아이들에게 단지 성장하면서 익혀야 할 어떤 것으로 인식되는 것이
참으로 슬픈 현실입니다.

주말에 일부러라도 시간을 내어
들로 산으로 대자연의 기를 함빡 받는
그런 좋은 계획을 세워보시기 바랍니다.

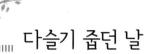

다슬기 줍던 날

뙤약볕 아래 캄보디아의 흙먼지 풀풀 거리던 거리를
덜컹거리며 달리다 보면
길 양쪽으로 뽀얀 먼지를 뒤집어쓴 삶의 편린들.
마을 전체를 이주시킨다 해도 4.5톤 트럭 하나면 충분할 것 같은
궁핍과 메마른 그들의 삶을 접하고 나서
산간계곡에 나린 물이 골골마다 그득하여,
이들이 내를 이뤄 기름진 논밭을 이룬 우리나라가
얼마나 축복받은 나라인지 피부로 느낄 수 있었습니다.

철원도 곳곳에 한탄강 지류가 거미줄처럼 뻗어있고
그 물줄기 끝마다 논이 펼쳐져 있다는 것은 하늘이 내린 축복입
니다.

일찍 퇴근하는 날.
산 그림자가 길게 드리워질 때
용화동 아래로 다슬기를 잡으러 나섰습니다.
얕은 물이지만 제법 굵은 다슬기가 잡혀져 올라왔습니다.

산나물이며 벙거지, 물고기, 다슬기 등등.
조금만 움직이면 온갖 먹거리가 있는 이곳 생활은
누가 알아주지 않아도 평화롭고 조화로운 행복입니다.

이른 아침.
세숫대야에 다닥다닥 붙어있는 다슬기를
보고 있는 것도 큰 즐거움입니다.
다슬기는 숙취, 해독, 간, 위를 보하는 음식으로

골다공증 및 피부에도 좋다고 합니다.

주말에 식구들과 함께
가까운 강과 호수로
다슬기 사냥을 다녀오는 것도 의미 있을 것입니다.

무릎까지 물 담그고 다슬기 줍던 날에….

아메리카 인디언들은 "Thank You!"라는 말을 하지 않습니다.
왜냐하면,
그들의 의식 속에는 나누고 사는 것은 매우 당연한 일이기 때문입니다.

택시를 타보지 못했습니다

요즘 비가 자주 내려요.
가뭄 들어 먼지 풀풀 날리는 대지를 한숨으로 바라보는 것보다는
훨씬 좋은 일이긴 하지요.

밭에 심겨진 작물들의 성장 속도가 놀랍습니다.
옥수수는 어른의 무릎 높이까지 자랐고
일찍 파종한 완두콩은 대여섯 개의 열매를 달고 속살을 찌우고
있으며,
강낭콩과 달랑무도 성장을 이루고 있습니다.

올해부터는 기상청에서 장마 예고를 하지 않는다고 합니다.
한반도의 고온 현상으로 기후의 변화가 생겨서
장마 전후에 내린 비가 상대적으로 많아
장마의 의미가 없어서라고 하네요.
어릴 적 장맛비가 장하게 내리면
집이 멀다는 이유 하나만으로 집에 일찍 보내주곤 했는데,
그 추억마저도 빼앗기는 것 같아 안타까움이 남습니다.

화석연료의 무분별한 사용으로 이산화탄소의 대방출기를 맞았고,
인간의 편한 소비 생활의 패턴이 낳은 결과는
인류의 미래 삶을 예측하기 어려운 지경에 이르렀습니다.

철원에 살면서 4년 동안 못해본 것이 딱 하나 있습니다.
택시를 타보지 못한 것이지요.
시내가 좁아 도보생활권인 이유도 있고
또한, 이 이유 때문에 돌아다니는 택시가 없어서이기도 하구요.

이유가 어찌 되었던
술 한 잔 거나하게 걸치고도 집까지 걸어가야 하는 것이 이곳 생
활입니다.

초등학교 때는 십여 리 길을 걸어서 학교를 다녔습니다.
그 과정 속에서 힘들다거나 멀다는 느낌을
한 번도 가져본 적이 없습니다.
누구나 같은 삶의 궤적 속에 공존하고 있었으니까요.
차를 타고서는 볼 수 없는 사시사철이 주는 아름다움을
피부로 느낄 수 있었다는 것도
부수적으로 얻는 큰 고마움이었음을 깨닫습니다.

적게 타고 많이 걷는 생활을 해야 합니다.
택시 없는 이곳에서 생활해보니 그것도 큰 어려움은 아니더라고요.
작게는 개인의 건강을 챙길 수 있고
크게는 인류의 희망을 이야기할 수 있는 걷기는
참으로 위대해 보입니다.

택시 기본요금이 얼마인지 모르는 시골 촌놈이.

황톳빛 고향냄새

봄에 가장 먼저 소식을 전하던 매화나무가
튼실한 매실을 매달고 유월의 햇살 아래 익어갑니다.
하지 감자도 보이지 않은 공간에 속살을 찌우고 있고
산은 푸를 대로 푸르러 그 성장의 위용을 자랑하고 있습니다.

울타리에 걸쳐 피어난 붉은 장미가 핏빛 울음을 토해내고,
누에 치는 농가가 없어진 요즘
관심 밖으로 버려진 뽕나무엔 오디가 주렁주렁합니다.

국방색 항구(반합)를 들고
인적 드문 개울을 따라 오르며,
소담스럽게 익어있는 딸기를 따던 기억이 새로운 유월입니다.

유월엔 황톳빛 고향냄새가 납니다.
올해 고들빼기 씨앗을 뿌렸습니다.
열흘이 지나니 여린 잎이 두어 장 나와 잡초와 경쟁으로 분주합
니다.
그냥 놓아두면 생명력 질긴 잡초가 극상을 이루고
애써 뿌린 고들빼기는 햇빛을 보지 못할 것이 뻔합니다.
호미로 김맬 수 있는 상황이 아니라
일일이 손으로 뽑아주어야 하는 노력에 힘이 듭니다.

농사 초보인 저에게 어머님이 항상 하시는 말씀이 있습니다.
"드므락한 것은 먹을 수 있으나, 뵌 것은 먹을 수 없다."

욕심으로 촘촘히 키워 내봐야 기대할 만한 소출이 없고,

무심으로, 무욕으로 많이 솎아내어야 튼실한 결실을 맺을 수 있다는
말씀이지요.

잠시 자연으로 돌아가 땅에 심고 가꾸면서
욕심을 덜어야 함을….
부지런하되 결과에 집착하기보다는 과정이 소중하다는 것을
큰 울림으로 깨닫습니다.

철원엔 철원이 없습니다

철원엔 쓰라린 흔적이 참으로 많습니다.
멀지 않은 DMZ 앞에는
녹슨 철길에 노란 민들레가 홀로 피어선 지고,
폭격에 찌그러진 상태로 멈춰선 기관차엔
지난 세월의 두께만큼 녹이 슬어있습니다.

밟을 수 없는 땅으로 전락한 지 반세기가 지난 비무장지대 안엔
주인 잃은 구멍 난 녹슨 철모 사이로
삐죽이 내민 잡풀이 세월을 염탐하고,
형체를 분간할 수 없이 버려진 인민군 트럭엔
황조롱이가 외로운 졸음을 달래고 있습니다.

돌 벽돌로 견고하게 지어진 노동당사는
포탄의 상처와 총탄의 시름을 안고,
그 구멍 난 역사를 부여잡고 오늘도 굳건히 서 있습니다.
가끔 평화를 노래하는 콘서트가 그 앞에서 열리곤 하지요.

철원엔 철원이 없습니다.
제가 사는 곳은 신철원인데 법정명은 갈말이고요.
철원고등학교가 있는 철원지역은 동송이랍니다.
그럼 철원은 어디에 있을까요?
평강고원 너머 북한 땅을 밟아 30분을 더 가면
진정한 의미의 철원이 존재한답니다.

요즘 남북 간에 긴장이 팽팽하네요.
대화와 타협이란 상대방의 입장을 존중해주면서

절충점을 찾아가는 과정이 중요한데,
요즘은 나의 주장 발표대회를 하는 것 같아 안타까움이 많습니다.
세월이 어렵고 힘들어도
서로 비방하고 헐뜯어 불신의 벽이 높아갈지라도,
유월의 장미는 여전히 아름다움을 뽐내고
교정의 살구는 침묵으로 익어갑니다.

참 말이 많은 세상이네요.
깊은 강은 소리 없이 흐르듯이
표현의 수위와 말의 정도를 지킬 수 있다면 얼마나 좋을까 하는
생각을 해봅니다.

매실청 담그던 날

고들빼기 꽃이 만발하였습니다.
고들빼기는 국화과 2년생 초본으로
유월에 노오란 꽃이 핍니다.

그 씨앗은 민들레 홀씨를 닮아
훨씬 작지만 길쭉하고 까만 씨앗 끝에 하얀 솜털을 달고 있지요.
꽃대를 잘 털어 씨받이를 하여
7월 말에 대충 뿌려 놓으면,
생명력이 질긴 이유로
가을엔 쌉싸름한 맛의 향연을 즐길 수 있지요.

잘 익은 매실을 수확하였습니다.
설탕과 1:1의 비율로 섞어 큰 병에 담아놓았더니
날이 갈수록 달라지는 모습이 재미가 쏠쏠합니다.
처음엔 설탕만 보이던 것이 점점 녹아 물이 생기고
이젠 매실 엑기스 위에 쪼글쪼글한 매실이 동동 떠 있습니다.

담은 지 100일이 지나면
잘 숙성된 매실청을 얻을 수 있다고 하니
세월이, 햇살이 통 속에서 익어가는 것을
풍성한 마음으로 볼 수 있다는 것도 큰 기쁨입니다.

매실청을 거르고 난 후
쪼글쪼글한 매실에 소주를 부어 놓으면
기가 막히게 맛난 매실주가 됩니다.
혹자는 매실이 술에 불면 그것을 벗겨 장아찌를 만들고

그 씨앗으로는 베개를 만들면 좋다고 하지만,
매실을 지나치게 학대(?)하는 것 같아
올해의 목표는 매실주까지랍니다.

쇠기러기 우짖고 찬 서리 내리는 계절이 되면
잘 익은 매실주의 상큼한 맛을 볼 수 있겠지요.

좋은 사람을 만날 수 있다는 것도 큰 행복입니다.
찬바람이 불면 철원으로 놀러 오세요.
맛난 매실주로 대취하여
거나하게 마음을 열고 함께하는 멋스러움을 공유하는 것도
큰 추억일 것입니다.

매실청을 담그고 나서.

욕심 버리기

찬란했던 유월이 지나가고
어느덧 칠월이 되었습니다.
벌써 일 년의 절반이 우리 곁을 떠나갔네요.

한자 성어에 교왕과직(矯枉過直)이라는 말이 있습니다.
굽은 것을 바로잡으려다가 지나치게 곧게 함을 의미하는 것이지요.
曲에 비하여 확실히 바르고 옳은 것이 직(直)임에는 틀림이 없지만
모든 것에 지나친 것은 좋지 않다는 말씀일 것입니다.
수지청즉무어(水至淸則無魚)와 상통한다고 볼 수 있지요.

제가 아는 지인 중에 들꽃향 같은 분이 있습니다.
항상 잔잔한 웃음을 잃지 않고,
그리 똑똑하진 않지만 유쾌하고,
그리 부유하지는 못해도 움켜쥐려고 애쓰지 않으며,
남이 다 손가락질하고 외면할 때 뒤에서 그 외로움을 달래주기도
하고,
적당히 취기가 오르면 전봇대 앞에서 서슴없이 거충(?)하기도 하고,
참 세상을 호기롭고 여유 있게 사시는 분이지요.
그 넉넉함에 주변에 사람이 많습니다.

하루살이는 밝음을 사랑하는 것이 지나쳐 목숨을 잃고
오징어는 집어등을 좋아하다 못해 건조된 상태로 식탁에 오릅니다.
적당함을 잃은 결과이겠지요.
적당은 '정도나 이치에 꼭 알맞고 마땅함'을 이르는 말씀이랍니다.
적당주의와 혼동하지 말아야 할 이유이지요.

요즘 세상을 보면 사람 냄새가 별로 느껴지지 않습니다.
어쩌면 속도가 성패를 좌우하는 세상에서
과속이 가져다준 건조한 삶의 패턴이 그 이유겠지요.
천천히 걸으면 참 많은 것이 보입니다.
지나치게 앞만 바라보고 달리지 않으면
주변에 사람 사는 세상이 보입니다.

대부분의 경쟁은 빠른 것에 초점이 맞추어져 있습니다.
결국, 경쟁이란 남과의 관계성 속에서 생기는 것이지요.
하지만 자신의 내면을 돌아보아야 합니다.

배를 탄다고 했을 때
경주의 의미로 타는 것과 놀이로 타는 것은
그 여유로움과 즐거움을 견줄 수 없지요.

그런 이유로 소동파의 적벽부를 좋아합니다.
소동파가 친구와 적벽 아래에서 대취하여
노 젓기도 잊고 뱃전에 드러누워,
그냥 물결 흐르는 대로 흘러가다
동쪽이 훤하게 밝아오는 것도 모르고….

즐거움을 만끽하는 그 소요유의 경지가 부럽지 않나요?

『달마야 놀자』라는 영화의 한 컷이 생각나네요.
주지 스님이 밑 빠진 독에 물을 채우라고 명하니,
건달들이 독을 물에 던져 넣어 물을 채우는 장면 말입니다.

욕심을 벗고 세상에 몸을 던지면
비록 세상은 행복해지지 않는다고 하더라도
개인은 참으로 행복할 수 있으리란 믿음으로 글을 맺습니다.

욕망이 없으면 생명현상도 없습니다

콩밭 매는 아낙네야
베적삼이 흠뻑 젖는다~♬
『칠갑산』이란 노래의 첫 소절입니다.

* 칠갑산: 충남 청양군에 있는 높이 561m의 산

콩밭 매는 아낙의 베적삼이 왜 흠뻑 젖어야 할까요?
밭 중에서 가장 김매기 힘든 것이 콩밭입니다.
콩은 햇빛을 가릴 정도로 크게 자라지 않아 태양을 피할 수 없고,
잎에 스치면 따가워서 짧은 반팔 옷을 입을 수 없으며,
고랑 내고 줄지어 심어도 넝쿨 져서 바람이 통하지 않지요.
이러니 베적삼이 흠뻑 젖을 수밖에요.

이 노래를 들을 때마다 농촌에서 고생하셨던 부모님 생각이 납니다.
참으로 열심히 일해도 목구멍에 풀칠하기 힘든 시절이었는데도
고향의 땀 냄새와 흙냄새가 그리울 때가 많습니다.

칠월의 햇살이 참 따갑지만
햇살만큼 소중한 것도 없다는 생각을 합니다.
엊그제 모내기한 논엔 두 뼘 정도 자란 벼가 왕성하게 새끼를 쳐
한 손에 움켜쥐지 못할 정도로 실하게 자랐고,
말라 죽을 것 같던 고구마 싹은 땅이 보이지 않게 덩굴을 이루었
으며,
삐죽한 새싹을 보며 언제 크나 하던 옥수수는
이미 사람의 키를 넘었습니다.
보리, 하지감자, 완두콩, 달랑무가 이미 수확을 마친 것을 보면

세월 감이 정말 피부로 느껴집니다.

세월은 그냥 흐르는 것이 아니라
생명을 키워내고, 속살을 찌워냅니다.
그 생명 현상을 관찰하고 있노라면 놀라움을 금할 수 없지요.

욕망이 없으면 생명 현상도 없다는 말씀이 있습니다.
욕망이 배제된 삶이 참 어렵다는 말씀이지요.

배는 물 위에 떠 있지만, 물과 분리되어 있습니다.
만일 배가 물로 가득 찬다면
결국, 바닥으로 가라앉고 말 것입니다.

우리 삶도 이와 같아서
욕심과 욕망 온갖 감정으로 마음을 채운다면
물로 가득 찬 배와 다를 것이 없지요.

욕망이란 애써 끊으려 해도 쉽게 끊어지는 것이 아니며
무욕(無慾)의 삶을 살고자 해도 없어지는 것이 아니지만,
가볍게 해야 안정적으로 뜨는 배처럼
자꾸 덜고 덜어야 행복에 이를 수 있음을 깨닫습니다.

나옹선사의 글로 메일을 갈무리합니다.

"청산은 나를 보고 말없이 살라 하고
창공은 나를 보고 티 없이 살라 하네
사랑도 벗어놓고 미움도 벗어놓고
물같이 바람같이 살다가 가라 하네"

세월이라는 이름의 고물

살면서 얼마나 이사를 해보셨나요?
교직에 몸담고 나서
이사라는 단어는 숙명처럼 따라다녀 친근함이 있습니다.

처음 탄광촌으로 발령받아 이사 갈 때 이삿짐이라고는
고작 1톤짜리 트럭 하나였습니다.
그것도 농짝 두 개를 빼고 나면 이삿짐이랄 것도 없었지요.
5년을 근무하고 다른 곳으로 이사 갈 땐
5톤짜리 트럭도 짐칸이 부족하더군요.

그래서 이사 갈 땐 웬만하면 버리는 것이 좋다는 인식을
갖게 되었습니다.
하지만 아무리 오래되어 못 쓰게 된 물건이라고 하더라도
물건 자체에 정이 들어 버리지 못하는 것도 있지요.
고물이란 古物이라고 씁니다.
즉, 옛날 물건 또는 헐거나 낡은 물건을 이르는 말이지요.

고물이라고 생각되면 이사 갈 때 웬만하면 버리게 되지요.
하지만 오래된 물건 속에는 시간이 담겨 있습니다.
그리고 추억도 함께 담겨 있지요.
추억은 화석화된 과거가 아닙니다.
아련하지만 정감 어린 옛 추억엔
세상을 사는 이치와 지혜가 담겨 있습니다.
아무짝에도 쓸데없어 보이는 물건을 어루만지며
어려웠던 지난 시절을 추억하며 그로부터 힘을 얻고
앞으로 살아갈 지혜를 얻곤 하지요.

민주주의가 정착되고 나서
과거는 부정되어야 할 어떤 것으로 해석되어지는 경우가 많습니다.
정치인들은 과거를 비판하여야 표를 얻고
학자들도 과거를 뒤집어야 호평을 받습니다.
하지만 과거 없는 현재는 없으며 현재 없는 미래도 없습니다.

강물은 윗물이 아랫물을 끊임없이 대체하며 아래로 흐릅니다.
윗물이 아랫물을 가시 돋치게 밀며 가는 것이 아니고
아랫물 또한 윗물에 쫓겨나듯이 가는 것이 아닙니다.
그 헤아릴 수 없는 깊이만큼 유유히 흐르는 것이지요.

나이 듦이란 미래보다 과거의 기간이 길어진다는 의미일 것입니다.
또한, 길어진 과거만큼 인생의 깊이 또한 깊어질 것이고요.

노인은 있으되 어르신이 없는 사회가 참으로 슬픈 현실이지만
흐르는 세월을 막을 수 없고 보면,
매일을 즐거운 마음으로
곱게 나이 들어가는 모습 또한 아름다움일 것입니다.

오늘도 많이 웃음으로 행복한 시간 보내세요.

중국 연수를 다녀와서

오랜만에 안부를 전합니다.
타는 듯한 긴 여름을 잘 보내셨는지요?

9월이 시작되었습니다.
교정엔 샛노란 해바라기가 하늘을 우러르고
낱알을 매단 수숫대가 투명한 햇살 아래 휘영청 한 것이
여기저기서 세월이 익어가는 소리가 들립니다.

지난여름 중국을 다녀왔습니다.
5년 만에 다시 찾은 중국.
출퇴근 시간에 홍수를 이루었던 자전거의 물결이 사라지고,
그 자리에 러시를 이루고 있는 자동차의 물결이
성장하는 중국을 대변해주고 있었습니다.

북경에서 이화원, 만리장성, 자금성, 천단공원을 다녀왔습니다.
하나같이 역사가 오래된 거대한 구조물로서
인간들이 개미떼같이 달라붙어 이루어낸 위대한 조형물이지요.
그 크기와 규모에 입을 다물 수 없었습니다.

하지만 그 역사의 뒤편엔
맨몸으로 돌을 깎고, 다듬고, 나르고, 쌓느라 희생당한
백성의 규모 또한 엄청났다고 합니다.
이민족의 침략을 막고, 하늘에 소원을 빌어
오랜 세월 부귀영화를 누리고자 했으나,
중국의 어느 왕조도 300년을 넘지 못했다는 것을 보면
백성을 하늘로 삼지 않고서는,

진심으로 아랫사람을 섬기지 않고서는,
결코, 오래갈 수 없다는 큰 교훈을 얻을 수 있었습니다.

중국의 인구에 대한 에피소드로 메일을 갈무리합니다.

우리나라 국회의원 A씨가 중국 대학에서 특강을 마치고
중국 B 교수와 저녁 식사 자리에서 있었던 일입니다.

B 교수: 한국은 인구가 얼마나 됩니까?
A 의원: (좀 늘려 이야기할 양으로) 한 5,000만 정도 됩니다.
B 교수: (한참을 생각하더니) 그럼 한국 사람끼리는 다 알고 지냅니까?
A 의원: ????

맺음말

　말은 할수록 어려워지고 글을 쓸수록 힘들어집니다. 잊혀질 권리가 존중받지 못하는 것은 인터넷 세상이나 책으로 엮어진 글이나 같은 것이란 생각이 듭니다. 한 줄 글 단어 하나에 숨결을 불어넣어야 하는 큰 이유이지요. 두 번째 책을 엮어 세상에 내어놓습니다. 매일매일의 단상을 함께하고 싶은 욕심이 빚어낸 결과인데, 엮어 놓고도 부끄러움이 앞서는 것은 글의 태생적 한계이고, 긴 글이 환영받지 못하는 인터넷이라는 공간 때문이기도 합니다. 이 책이 나오기까지 도와주신 생각나눔 출판사 관계자들께 감사를 드리고 아울러 책을 낼 수 있는 용기를 불어넣어 주신 애독자 여러분께 깊은 감사를 드립니다.

2015. 2.
사명산 자락에서 글쓴이 정운복